ATLANTIS
9600 AC
Francisca
INSVLA
ATLANTIS
Oceanus Occident
AFRICAE
Hispaniola
Antilla
Dominica
Canibali
Terra Incognita

RICHARD DÜBELL

LAST SECRETS

Weitere Titel des Autors:

Last Secrets, Band 1 – Das Rätsel von Loch Ness

Titel auch als E-Book erhältlich

LAST SECRETS II

Das Geheimnis von Atlantis

Baumhaus

Für die Freunde,
die unsere Abenteuer teilen.

Einsatz bei Neumond

Die Zwillinge Fynn und Franzi Gerolstein und ihre Freunde Cornelius Jaeckel und Lena Mazani sind unzertrennlich.

Ihre Eltern drehen gemeinsam unter dem Firmennamen *Gerolstein Doks* Dokumentarfilme für das Fernsehen. Das bedeutet, dass sie viel auf Reisen sind. In den Ferien haben die Kinder sie immer begleitet. Doch während der Schulzeit ist das nicht möglich. Aber das macht nichts. Denn Fynn, Franzi, Cornelius und Lena passt es ganz gut, dass sie hin und wieder ungestört sind.

Denn die Zwillinge haben ein Geheimnis, das sie nur mit Lena und Cornelius geteilt haben. Sie sind die Ur-Ur-Ur-Ur-Ur-Urenkel des ersten und berühmtesten Detektivs der Welt: Eugène Vidocq. Nicht einmal Fynns und Franzis Eltern ahnen etwas davon. Fynn und Franzi hingegen wissen es aus der besten Quelle, die es überhaupt gibt: von ihrem Vorfahren Eugène Vidocq höchstpersönlich.

Vidocq starb im Jahr 1857 in Frankreich. Doch sein Geist konnte die Welt nicht verlassen, denn es gab zu viele Rätsel, die noch nicht geklärt waren. Das Wesen eines Detektivs ist es jedoch, Geheimnisse aufzudecken. So blieb Vidocqs ruheloser Geist zurück, verbunden mit der Welt durch eine rätselhafte Maschine, die einst ein genialer Erfinder und Verbrecher für ihn konstruiert hatte. All die Jahre versuchte Vidocqs Geist, Kontakt mit seinen Nachfahren aufzunehmen, in der Hoffnung, dass jemand ihn hören würde – und dass jemand sein detektivisches Geschick geerbt hätte. Erst Fynn und Franzi, die als Zwillinge etwas Besonderes sind, haben sein Rufen in ihren Träumen vernommen.

In ihren Träumen besucht Vidocq sie nun und bittet sie, die Rätsel zu lösen, die er zeitlebens nicht lösen konnte. Immer an den drei Tagen vor, während und nach Neumond kann Vidocq mit ihnen in Kontakt treten und sie auf Missionen schicken.

Selbstverständlich begleiten Cornelius und Lena die Zwillinge auf diese Missionen und helfen ihnen. Denn auch wenn Fynn und Franzi Vidocqs Erben sind – allein auf sich gestellt könnten sie diese Rätsel niemals lösen. Als Team jedoch sind sie unschlagbar!

Mithilfe der geheimnisvollen Maschine besuchen die Kinder fremde Orte – und fremde Epochen. Niemand weiß, was die Maschine in Wirklichkeit alles kann, aber sie kann auf jeden Fall in der Zeit hin- und herreisen und ihre Passagiere an die Orte bringen, an denen die Rätsel zu lösen sind. Das heißt aber nicht, dass sie es auch immer tut …

Die Maschine hat ein Eigenleben. Man kann sich nie darauf verlassen, dass sie auch wirklich dorthin reist, wo ihr Hüter, ein alter Antiquitätenhändler, sie hinschickt. Sicher ist nur eines: Um Mitternacht des dritten Tages, dem Tag nach Neumond, kehrt die Maschine in die Gegenwart zurück, und wenn die Kinder bis da-

[illegible] nicht wieder in ihrem schützenden Zeitfeld sind … lässt die Maschine sie gnadenlos zurück!

Da Vidocqs Geist nicht will, dass den Kindern etwas zustößt, stellt er ihnen für ihre Aufgaben immer einen erwachsenen Beschützer zur Seite, und zwar sich selbst, allerdings sein jüngeres Ich. Leider hat der Geist des alten Vidocq vergessen, dass sein jüngeres Ich ein Hallodri war, ein Fälscher und Betrüger, der oft im Gefängnis saß, bevor er der erste Detektiv der Welt wurde und das Verbrechen bekämpfte. So haben die Kinder manchmal ihre liebe Not mit ihrem oft verantwortungslosen »Beschützer«. Manchmal fragt man sich, wer hier eigentlich auf wen aufpassen muss …

Begleitet Fynn, Franzi, Cornelius und Lena und den jungen Eugène Vidocq auf ihre spannenden Missionen in Zeit und Raum – und seid dabei, wenn sie die letzten großen Geheimnisse der Welt entschlüsseln!

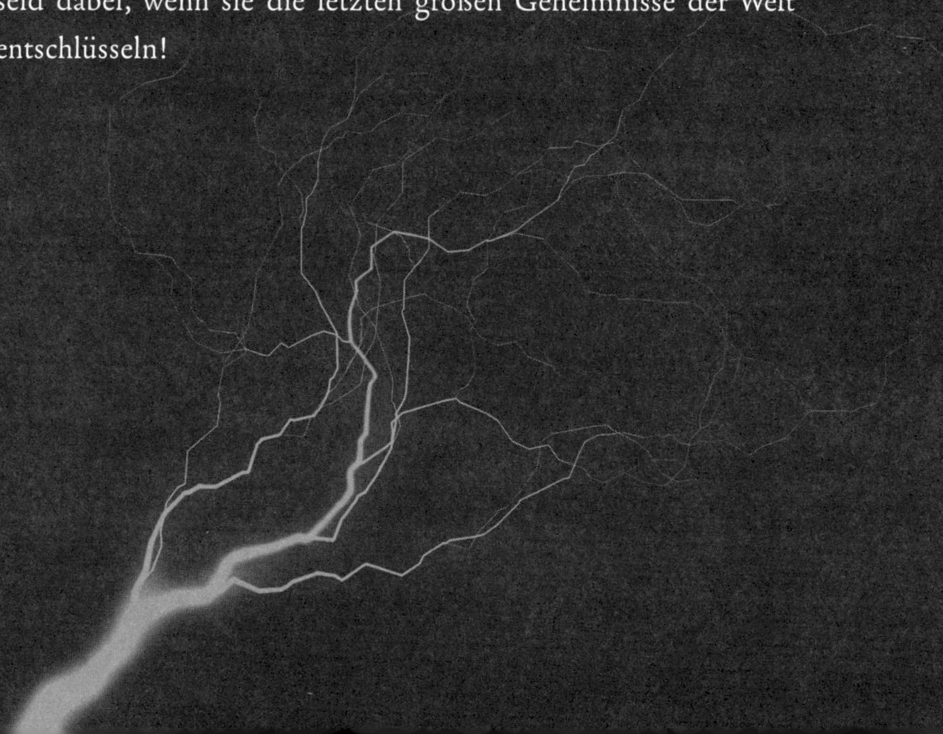

Noch schnell ein paar Erklärungen:

- Skyfall: eine Attraktion auf vielen Jahrmärkten (das Oktoberfest in München ist der bekannteste Jahrmarkt der Welt), ein sogenannter Freifallturm
- Vordersteven: nach oben gezogene Verlängerung eines Schiffs- oder Bootskiels
- Wallenstein: Albrecht Wenzel Eusebius von Waldstein, Herzog und Feldherr im Dreißigjährigen Krieg (1618–1648), trug einen damals modischen sogenannten Knebelbart – einen üppigen Schnauzbart mit nach außen gezwirbelten Enden und einen dichten Kinnbart
- Parabel: Mathematischer Begriff, eine Kurve. Ein Objekt, das schräg nach oben fliegt, dann an Kraft verliert und in der Gegenrichtung schräg nach unten fällt, beschreibt eine Parabel.
- Dollbord: der verstärkte obere Rand eines offenen Bootes
- Riemen: allgemein (fälschlich) als Ruder bezeich-

net – das Teil, mit dem ein Ruderer ein Boot vorwärtstreibt, indem er es links oder rechts des Bootskörpers durchs Wasser zieht. Das Ruder wiederum dient nur zur Richtungsänderung, nicht zum Vortrieb.

- Spanten: tragendes Bauteil zur Verstärkung eines Schiffsrumpfes
- Papyrus: wichtiger Beschreib- und Baustoff der Antike, wird aus der getrockneten Papyruspflanze hergestellt
- Götze: abwertende Bezeichnung für einen der eigenen Religion fremden Gott, der in einem Bildwerk (Statue) verehrt wird
- Fersengeld geben: ein altmodischer Ausdruck für »flüchten, abhauen«. Vidocq stammt aus einer Zeit, in der es solche Ausdrücke noch gab, deshalb verwendet er sie ab und zu.

Wenn ihr noch weitere Ausdrücke findet, die ihr nicht kennt, oder andere Fragen zu den Romanen habt, schreibt mir auf der Internetseite von LAST SECRETS: http://www.last-secrets.de/kontakt/. Ich werde euch so schnell wie möglich antworten.

Der Babysitter

1

Da stand sie.

Die Zeitmaschine, die dem berühmtesten Detektiv aller Zeiten gehörte. Sie schimmerte von sich aus im Dunkel der riesigen Lagerhalle. Gleich würde Franzi auftauchen und sich zu ihrem Zwillingsbruder Fynn gesellen. Fynn und Franzi hatten seit einer Ewigkeit auf diesen Moment gewartet. Oder zumindest: seit drei Monaten. Was eine Ewigkeit ist, wenn man sehnlich auf etwas wartet.

Sobald Franzi da war, würde die Zeitmaschine noch stärker zu leuchten beginnen. Und dann würde der berühmteste Detektiv aller Zeiten auf einmal da sein. Besser gesagt: der Geist des berühmtesten Detektivs aller Zeiten. Noch besser gesagt: der Geist des berühmtesten Detektivs aller Zeiten, der rein zufällig auch noch Fynns und Franzis Ur-Ur-Ur-Ur-Ur-Uropa war. Mit sechs »Ur-«. Denn er war schon seit hundertfünfzig Jahren tot.

Wie sehr hatte Fynn diesen Augenblick herbeigesehnt! Wie sehr hatte er sich darauf gefreut, zusammen mit seiner Zwillingsschwester Franzi und seinen Freunden Lena und Cornelius zu einer neuen Mission aufzubrechen. Ein neues Rätsel für ihren Ur-Ur-Ur-Ur-Ur-Uropa zu lösen, das dieser zu Lebzeiten nicht hatte knacken können. Deshalb weilte sein Geist noch immer auf dieser Erde. Fynns und Franzis Vorfahre war nämlich kein Geringerer als der große Eugène Vidocq!

Aber diesmal stimmte irgendetwas nicht. Die Zeitmaschine summte in regelmäßigen Abständen, als sei etwas kaputt. Von Franzi keine Spur. Und von Vidocq auch nicht. Die Zeitmaschine glühte im Rhythmus des Summens auf und warf unheimliche Schatten an die Wände der Lagerhalle.

Fynn trat sicherheitshalber einen Schritt zurück.

Und wachte auf.

2

BRRSSSMM!

Verwirrt blinzelte Fynn in die Dunkelheit in seinem Zimmer. Er hatte geträumt ... von der Zeitmaschine und von Eugène Vidocq. Aber wieso war es nicht so wie beim ersten Mal gewesen, als Vidocq ihm und Franzi in ihren Träumen erschienen war ...?

BRRSSSMM!

Etwas summte und vibrierte. Ein heller Lichtschein flackerte auf Fynns Nachttischchen.

Er drehte sich herum und starrte darauf, noch immer halb im Traum. Was war das denn?

Endlich machte etwas in seinem Hirn KLICK. Er richtete sich

auf und schnappte sich sein Handy, dessen Klingelton auf Vibrationsalarm gestellt war. Auf dem Display leuchtete ein Foto eines Mädchens auf, das eine Fliegerbrille trug. Hinter einem der Gläser klebte ein Kompass. Das Mädchen grinste frech.

Mit ungeschickten Fingern betätigte Fynn die »Annehmen«-Taste.

»Lena?«, fragte er mit vom Schlaf schwerer Zunge.

»Ich weiß selber, wie ich heiße!«, schnappte Lena Mazani zurück. »Du musst dich mit *deinem* Namen melden, nicht mit *meinem*!«

»Was ist denn los?«, stöhnte Fynn. »Es ist mitten in der Nacht. Du hast mich aus dem Missions-Traum geworfen. Beinahe wäre mir Vidocq erschienen! Darauf warten wir doch alle seit …«

»Halt die Klappe!«, sagte Lena. »Hörst du gut zu?«

»Ja …«

»Dann hör noch besser zu. Wir haben nämlich: ALAAAAARM!«

Fünf Minuten später saßen Fynn und Franzi auf dem Bett in Franzis Zimmer. Fynn war mit dem Handy zu seiner Schwester gegangen und hatte sie geweckt. Franzi hatte zuerst geschimpft, dass Fynn sie aus dem Missions-Traum gerissen hätte. Gerade hatte sie vor der Zeitmaschine gestanden und darauf gewartet, dass Vidocq …

Doch als Fynn das Handy auf Franzis Bett gelegt und auf Lautsprecher geschaltet hatte, war Franzi verstummt. Und nun hörten sie gemeinsam Lena zu. Ihre Freundin hatte nicht übertrieben. Die Situation war wirklich alarmierend.

3

Hans und Evelyn Gerolstein, Fynns und Franzis Eltern, besaßen eine kleine Produktionsfirma für Dokumentarfilme – *Gerolstein Doks*. Lenas Vater, Giuseppe Mazani, war der Kameramann der Firma, Cornelius' Mutter, Tanja Jaeckel, die Tontechnikerin. Die Erwachsenen waren nicht nur Kollegen, sondern gute Freunde und ein eingespieltes Team.

Vor ein paar Tagen hatte *Gerolstein Doks* von einem Fernsehsender den Auftrag erhalten, einen Film über versinkende Inseln im Pazifischen Ozean zu drehen. Durch die Klimaerwärmung stieg der Meeresspiegel immer weiter an. Im Pazifik gab es einige Inseln, die so flach waren und so wenig aus dem Wasser ragten, dass sie in zwanzig oder dreißig Jahren völlig überspült sein würden. *Gerolstein Doks* sollte dort Aufnahmen machen, Betroffene interviewen, über mögliche Gegenmaßnahmen berichten und daraus einen 45-Minuten-Beitrag anfertigen.

Wären gerade Ferien gewesen, hätten sie die Kinder mitgenommen. Aber es war Anfang Dezember. Das bedeutete, dass die vier Freunde allein zu Hause bleiben mussten. Ihnen machte es nichts aus. Sie waren sicher, dass sie die eine Woche spielend überstehen würden. Ihre Eltern jedoch waren ganz und gar nicht davon überzeugt. Und das wiederum hieß …

»Ein Babysitter?«, rief Franzi. »Für uns???«

»Die reden seit zwei Stunden über nix anderes«, sagte Lena. »Meine Mama ist sogar übers Telefon von Berlin aus zugeschaltet. Die ist da auf Dienstreise.«

Die Eltern von Fynn und Franzi und Cornelius' Mutter hatten sich im Haus von Giuseppe Mazani getroffen, um das Problem zu besprechen. Sandra Mazani, Lenas Mutter, arbeitete nicht für *Gerolstein Doks*, sondern hatte einen eigenen Job.

»Hast du an der Wohnzimmertür gelauscht?«, fragte Cornelius schockiert. Sie hatten ihn über Konferenzschaltung ins Gespräch eingeklinkt. Cornelius, der alte Bastler und Smartphone-Freak, hatte ihnen gezeigt, wie das ging.

»Nee, ich hab an meiner Zimmertür gelauscht«, knurrte Lena. »Die sind so laut, die höre ich bis zu mir herauf, wenn ich die Tür 'nen Spalt weit aufmache.«

»Du kannst doch nicht einfach spionieren!«

»Ach? Aber unsere Eltern können uns 'nen voll monsterkrassen beknackten Babysitter auf den Hals hetzen, oder was?!«

»Du weißt doch gar nicht, wer da kommen soll«, sagte Cornelius.

Lena schniefte verärgert. »Das isses ja. Die wissen es auch nicht.«

Jetzt schaltete sich Fynn ins Gespräch ein. »In ein paar Tagen ist Neumond. Franzi und ich haben heute beinahe schon von Vidocq und der Zeitmaschine geträumt.«

Franzi fügte hinzu: »Wir glauben, dass sich Vidocq endlich wieder melden wird.«

»Und wenn wir irgend so einen Babysitter haben, der uns auf Schritt und Tritt bewacht ...«, sagte Cornelius gedehnt.

»... einen voll monsterkrassen beknackten Babysitter ...!«, warf Lena ein.

».... dann haben wir keine Chance, ihm für drei Tage zu entkommen und auf Vidocqs neue Mission zu gehen!«, vollendeten Fynn und Franzi den Satz gleichzeitig.

»Ich hab eine Idee«, verkündete Cornelius nach ein paar Sekunden Stille.

»Und wie lautet die?«

»Äh ... Wartet! Bin gleich wieder da!«

Die anderen drei staunten. Cornelius war nicht gerade ein Mensch der Tat. Er war eher so etwas wie ein wandelndes Lexikon – Wikipedia in menschlicher Gestalt. Lena warf ihm manchmal vor, zu ängstlich zu sein, was sie umso mehr störte, weil Cornelius fast einen Kopf größer war als sie alle. Nach Fynns Ansicht hatte Lena damit auch irgendwie recht – aber genau das machte Cornelius zum Tapfersten von ihnen allen, denn er schaffte es immer wieder, trotz seiner Ängstlichkeit überall dabei zu sein. Derjenige, der seine Angst überwinden kann, ist tapferer als der, der erst gar keine Angst spürt.

»Cornelius?«, fragte Franzi. »Hallo?«

Aber Cornelius war schon weg. Er hatte aufgelegt.

4

Ein paar Minuten später war Cornelius wieder in der Leitung.

»Was hast du jetzt gemacht?«, fragte Fynn.

»Das werdet ihr gleich sehen. Lena, ist die Tür noch offen?«

»Ja«, sagte Lena. »Und komm mir bloß nicht damit, ich soll sie zumachen, weil es sich nicht gehört zu lauschen.«

»Mach sie noch ein bisschen weiter auf. Sonst kriegen wir ja nichts mit.«

Fynn und Franzi sahen sich erstaunt an. Dann sagte Franzi lachend: »Du da am anderen Ende – wer bist du und was hast du mit Cornelius gemacht?«

»Wieso?«, fragte Cornelius verschnupft. »Ihr tut ja so, als würde ich mich nie was trauen.«

»Was hast du dich denn gerade getraut?«

»Wartet's ab.«

Also warteten die Freunde gespannt, während Lena ihnen von Zeit zu Zeit schilderte, was sie von unten mit anhörte. Die Erwachsenen fanden keine Lösung, außer dass einer von ihnen zu Hause bleiben und die anderen versuchen würden, auf die Schnelle einen Ersatz anzuheuern. Aber woher?

Die Wartezeit zog sich so lange hin, dass Cornelius plötzlich Bedenken bekam. »Oh Mann, ich hätte das nicht tun sollen«, jammerte er. »Ich muss verrückt geworden sein. Das gibt übelste Schwierigkeiten. Leute, ich bin so was von erledigt!«

»Alter, jetzt sag halt, was du ...«, begann Lena ungeduldig.

Da hörte sie von draußen ein Knattern. Sie unterbrach sich und holte überrascht Luft.

»Hört ihr das?«, flüsterte sie in ihr Telefon.

»Was?«, fragten Fynn und Franzi.

»Oh Mann, ich bin tot«, stöhnte Cornelius.

»Du hast doch nicht etwa deine Oma angerufen, oder?«, rief Lena. Sie hatte erkannt, woher das Knattern kam – von einem schweren alten Motorrad.

»Doooch!«, jaulte Cornelius.

»Das ist ja voll monsterkrassritz!«, sagte Lena und merkte gar nicht, dass sie vor lauter Staunen ihre Spezialwörter durcheinanderbrachte.

»Aber deine Mama und deine Oma reden doch nicht mal miteinander«, sagte Franzi. Und das stimmte. Tanja Jaeckel hielt ihre

Mutter für ziemlich verantwortungslos und hätte sie unter keinen Umständen selbst um Hilfe gebeten.

»Dann müssen sie jetzt halt miteinander reden!«, stieß Cornelius hervor. »Meine Oma ist die Einzige, die auf uns aufpassen kann!«

»Irrtum«, sagte Fynn grinsend. »Deine Oma ...«

»... ist die Einzige ...«, redete Franzi weiter.

Aber diesmal vollendete Lena den Satz. Sie wusste ausnahmsweise genauso gut wie Franzi, was Fynn hatte sagen wollen.

»... die auf uns aufpassen *darf*«, sagte sie.

»Cornelius, du bist ein Genie!«, erklärte Fynn.

»Ja. Und wenn meine Mama nach Hause kommt, bin ich ein totes Genie.«

»Ich geh jetzt runter«, sagte Lena vergnügt. »Die Gesichter will ich sehen, wenn deine Oma reinkommt. Ich lass das Handy an, dann könnt ihr mithören. Alter, ist das ritz!«

»Lieber nicht, Lena ...«, begann Franzi, aber es war schon zu spät. Fröhlich pfeifend hüpfte Lena die Treppe hinunter, während gleichzeitig die Türklingel ging.

((DINGGG-DONGGG!))

5

Man hätte die Szene filmen sollen, dachte Lena und überlegte kurz, die Videofunktion ihres Handys zu aktivieren und den Film online zu stellen. Titel: Die Salzsäulen der Woche! Denn so standen die Erwachsenen da, während sie in Richtung Haustür starrten. Eingefroren und bewegungslos wie die Salzsäulen.

Es war klar, dass alle das Knattern des Motorrads gehört hatten und genau wussten, wer da gerade vor dem Haus der Mazanis vorgefahren war. Und geklingelt hatte.

»Das gibt's doch nicht«, flüsterte Tanja Jaeckel. »Die kann doch nicht ... wie kommt sie denn ... woher weiß sie ...?«

Auf Lena, die in der Tür stand, achtete keiner. Ihr Vater setzte sich in Bewegung, um die Haustür zu öffnen.

»Lass sie nicht rein!«, stieß Cornelius' Mutter hervor. »Ich will nicht mit ihr reden!«

»Tanja, sie ist doch deine Mutter«, sagte Giuseppe Mazani empört. Lenas Vater liebte seine Eltern wie jeder anständige italienische Sohn über alles.

Jemand klopfte von draußen an die Terrassentür. Die Erwachsenen zuckten alle zusammen.

»Juhuu!«, rief eine Stimme. »Ich kann euch sehen!«

Cornelius' Oma hatte offenbar das Gartentor geöffnet und war um das Haus herumgegangen.

Giuseppe Mazani machte die Tür auf. Cornelius' Oma strahlte

ihn an. »Darf ich reinkommen?«, fragte sie. Sie hob ein Paar klobiger Stiefel hoch. »Ich hab auch schon meine Schuhe ausgezogen.«

Cornelius' Oma hatte pechschwarz gefärbtes Haar, lange rote Fingernägel, trug eine Lederjacke, Jeans und Bikerstiefel (wenn sie sie nicht gerade in der Hand hielt) und besaß ein Oldtimer-Motorrad mit Beiwagen. Sie hieß Bernadette und war überzeugt, dass sie die Einzige im Umkreis von fünfhundert Kilometern war, die diesen schönen alten Namen trug. Lena fand sie monsterritz. Ihre Freunde waren da völlig ihrer Meinung.

Cornelius' Oma stand mit einem breiten Lächeln im Gesicht mitten im Wohnzimmer und war kein bisschen befangen angesichts der ratlosen Stille, die ihr entgegenschlug.

Aus dem Mobilteil des Telefons in Giuseppe Mazanis Hand konnte Lena die Stimme ihrer Mutter quäken hören, die sich erkundigte, was jetzt wieder los war.

»Überfall!«, lachte Bernadette Jaeckel. »Die durchgeknallte Alte ist da. Tanja-Spatz, setz dich hin und mach den Mund zu, man sieht deine Füllungen.«

»Kann ich Ihnen was zu trinken anbieten?«, fragte Giuseppe Mazani, immer der vollendete Gastgeber.

»Weiß ich nicht. Probieren Sie's doch einfach.«

Giuseppe blinzelte ratlos.

Bernadette seufzte. »Sorry«, sagte sie. »Ich kann manchmal blöd sein. Sehr gern, vielen Dank. Wenn Sie einen Schluck Leitungswasser hätten?«

»Was willst du hier, Mama?«, fragte Tanja Jaeckel.

Ihre Mutter musterte sie. »Ich grüße dich auch, mein Spatz«, sagte sie. »Danke der Nachfrage, mir geht's gut.«

»Nenn mich nicht Spatz! Was willst du?«

»Ihr habt ein Problem«, sagte Cornelius' Oma. Ihre strahlend blauen Augen richteten sich plötzlich auf Lena. Alle folgten überrascht ihrem Blick. Erst jetzt registrierten die Erwachsenen, dass Lena in der Tür stand. Das Mädchen schluckte. »Mit der jungen Dame dort und ihren drei besten Freunden.«

»Wir haben nicht das geringste Problem!«, begann Tanja aufbrausend. »Und überhaupt – woher weißt du davon?« Ihr Gesicht verfinsterte sich. »Hat Cornelius etwa bei dir angerufen?!«

Bernadette zögerte. Tanjas Augen weiteten sich vor Zorn.

»*Ich* hab angerufen«, hörte Lena sich sagen. Alle Köpfe drehten sich ruckartig zu ihr herum. Fünf Augenpaare starrten sie an.

»Egal, wer hier wen angerufen hat«, sagte Hans Gerolstein nüchtern. »Wir haben tatsächlich ein Problem, und wenn Sie uns dabei helfen könnten, Frau Jaeckel, wäre das wirklich toll.«

6

Am nächsten Morgen trafen sich die Freunde vor der Schule. Am selben Abend würden ihre Eltern in Richtung Pazifik aufbrechen. Nach Bernadette Jaeckels Eingreifen war plötzlich alles ganz schnell geklärt gewesen.

»Ich fass es immer noch nicht, dass du die Schuld auf dich genommen hast«, sagte Cornelius zu Lena.

»Was heißt hier Schuld? Es war 'ne geniale Idee. Ich hab dir den Ruhm geklaut, Alter.«

»War eh umsonst«, seufzte Cornelius. »Meine Mama hat's dir sowieso nicht geglaubt. Ich hab ihr alles gebeichtet, als sie nach Hause kam.«

»Was hat sie gesagt?«, fragte Fynn.

Cornelius zuckte mit den Schultern. »Ich hab Handyverbot. Sie nimmt mein Telefon sogar mit an den Pazifik.« Er ließ den Kopf hängen.

Fynn, Franzi und Lena sahen Cornelius mitleidig an. Cornelius ohne sein Handy war wie ein Fußballspieler ohne Ball. Oder wie ein Jedi-Ritter ohne Laserschwert.

»Wer weiß, wohin Vidocq uns diesmal schickt«, sagte Fynn tröstend. »Bei unserer letzten Mission hat dir dein Smartphone auch nichts genützt.«

»Wenn er sich überhaupt meldet«, sagte Cornelius düster.

»Das sollte er mal besser«, knurrte Lena. »Sonst haben wir das alles ganz umsonst eingefädelt.«

»Und selbst wenn er sich meldet – wir wissen doch noch gar nicht, ob Cornelius' Oma uns überhaupt losziehen lässt«, warf Franzi ein.

Lena sah sie überrascht an. »Ich dachte, das wäre längst klar.«

»Klar war nur, dass uns irgendein anderer Babysitter – oder einer von unseren Eltern – auf keinen Fall gehen lässt.«

»Wieso ist das diesmal so monstermäßig kompliziert?«, beschwerte sich Lena.

»Wenn Vidocq sich wirklich meldet, fragen wir sie einfach, dann sehen wir ja, wie sie reagiert«, schlug Fynn vor.

»Und wie willst du das anstellen?«, fragte Cornelius. »›Hey, Oma, wir wollen uns übrigens mit einer Zeitmaschine an einen Ort katapultieren lassen, an dem wir ein Rätsel lösen, das seit Hunderten von Jahren noch keiner geknackt hat, und das alles tun wir für Fynns und Franzis Vorfahren, der vor hundertfünfzig Jahren gestorben ist, ihnen aber im Traum Aufträge erteilt. Hast doch nix dagegen, oder? In drei Tagen sind wir wieder zurück. Wahrscheinlich. Und wenn wir Glück haben, sogar alle noch an einem Stück.‹«

Die anderen sahen ihn strafend an. Cornelius breitete entschuldigend die Arme aus. »Was ist? Habt ihr einen besseren Vorschlag?«

»Wenn du es so sagst«, murmelte Fynn, »hört es sich echt total idiotisch an. Deine Oma wird den Krankenwagen für uns rufen. Den, der innen gepolstert ist …«

»Wir können ihr beweisen, dass es stimmt. Wir brauchen ihr bloß von unserer Mission am Loch Ness zu erzählen«, meinte Lena.

»Dann sag mal, was du noch davon weißt«, forderte Franzi sie auf. »Ich für meinen Teil kann mich gerade noch daran erinnern, dass wir dort waren. Du weißt doch, Vidocq hat Teile unseres Gedächtnisses gelöscht.«

Am Ende beschlossen sie, abzuwarten, ob Vidocq sich überhaupt melden würde. Dann konnten sie immer noch überlegen, wie sie Bernadette Jaeckel klarmachen sollten, dass sie für die Zeit ihrer Mission verschwunden sein würden.

Umsonst war Cornelius' Trick auf keinen Fall. Auch wenn Vidocq sie nicht losschickte, würden sie mit seiner Oma wenigstens eine tolle Woche haben.

Und trotzdem traurig sein, wenn es keine neue Rätselmission für sie gab.

7

Die Zeitmaschine schimmerte. Ihr Leuchten warf unförmige Schatten zwischen die anderen Ausstellungsgegenstände in der Antiquitätenhalle. Fynn sah sich um. Wie aus dem Nichts stand plötzlich Franzi neben ihm. Sie grinste.

»Willkommen in meinem Traum«, sagte sie.

»Mann, ich hab so gehofft, dass es endlich wieder losgeht«, antwortete Fynn.

»Ich musste einen Zeitpunkt abwarten, an dem ihr euren Eltern entwischen könnt«, erklärte eine tiefe Stimme.

Die Zwillinge drehten sich um.

»Wir hatten schon befürchtet, es wäre alles nur ein Traum gewesen«, sagte Fynn erleichtert.

Der große, schwere Mann mit dem lockigen weißen Haar und der altmodischen Kleidung lächelte. Wie ein Geist wirkte er nicht gerade. »Es ist ja auch einer«, sagte er.

»Sie wissen schon, wie ich es meine, Herr Vidocq.«

»Mir wäre es lieber, ihr würdet mich Opa nennen.«

»Das ist irgendwie schwierig«, gab Franzi zu.

Vidocq wirkte ein bisschen enttäuscht, aber dann zuckte er mit den Schultern und sagte: »Na ja, irgendwann mal ...«

Fynn und Franzi nickten.

»Woher wissen Sie, dass unsere Eltern nicht da sind?«, fragte Fynn. »Ich dachte, Sie können nur an den drei Tagen um Neumond mit uns in Verbindung treten.«

»So wie heute Nacht«, bestätigte Vidocq. »Aber außerhalb dieser Zeit bin ich trotzdem mit euch verbunden.«

»Cornelius' Oma passt auf uns auf«, erklärte Fynn.

»Wie wir ihr entwischen sollen, wissen wir allerdings noch nicht«, fuhr Franzi fort.

»Ist sie die ganze Zeit über bei euch?«

»Unsere Eltern haben vereinbart, dass Lena und Cornelius zu uns ziehen, solange sie weg sind.«

»Ihr müsst einen Weg finden, dass sie euch bewusst gehen lässt. Es wäre grausam, einfach abzuhauen und sie voller Angst

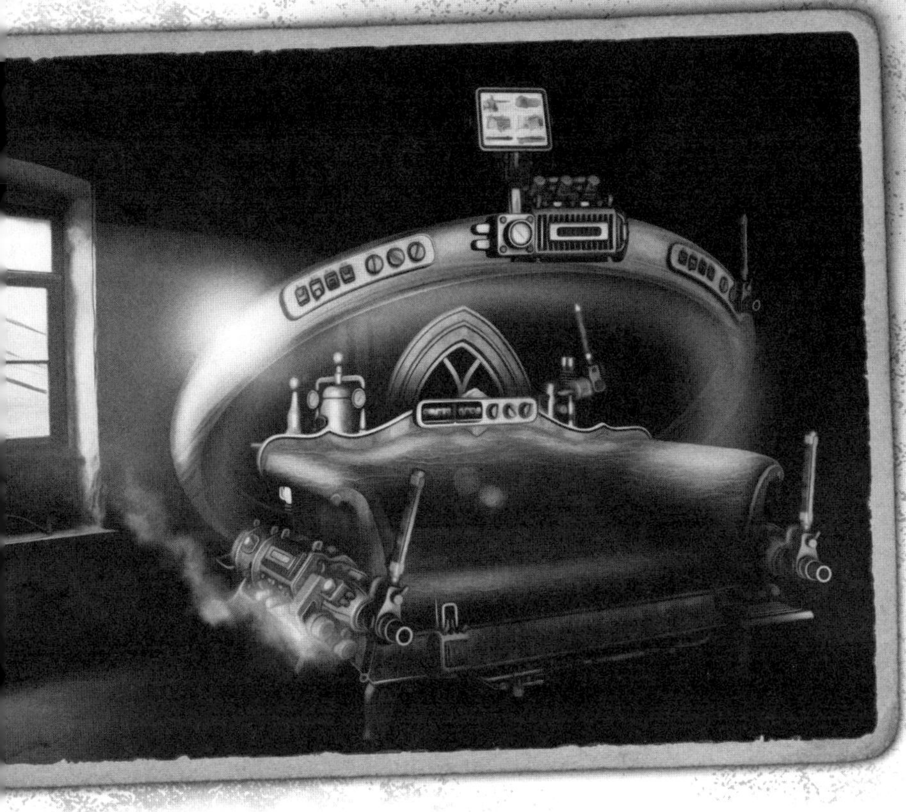

zurückzulassen. Außerdem würde dann die gesamte Münchner Polizei nach euch fahnden. Man würde glauben, ein Verbrechen wäre geschehen!«

»Das tun wir schon nicht. Aber eine gute Idee, wie wir es anstellen, haben wir auch noch nicht«, sagte Fynn.

»Wir haben schon überlegt, ihr einfach die Wahrheit zu sagen«, sagte Franzi.

»Das dürft ihr auf keinen Fall!«

»Aber sie würde es vielleicht sogar verstehen! Sie ist total cool!«

»Sie darf es nicht erfahren«, warnte Vidocq. »Niemand außer euch, euren beiden Freunden und mir darf je von der Zeitmaschine wissen.«

»Herr Hanselmann weiß aber auch Bescheid.«

»Und der ist eigentlich schon einer zu viel.«

»Aber Cornelius' Oma ist echt cool.«

»Trotzdem. Ihr dürft ihr nichts sagen. Wenn die Zeitmaschine in die falschen Hände gerät, kann viel Unheil passieren. Und bei Erwachsenen kann man nie wissen, wem sie was erzählen. Ihr müsst es mir versprechen.«

»Na gut«, sagten die Zwillinge. Vidocqs Ernsthaftigkeit verunsicherte sie.

»Versprecht mir auch, dass ihr gut auf euch aufpasst auf den Missionen, ja?«

»Herr Vidocq, stimmt irgendwas nicht? Beim letzten Mal haben Sie uns nicht so eindringlich gewarnt. Ist was passiert?«

»Nein, nein. Ich dachte nur, ich sollte es mal sagen.«

»Und ich dachte, der erste und berühmteste Detektiv der Welt könnte besser lügen«, sagte Franzi und grinste schief. »Besonders wenn er ein Geist ist.«

»Das liegt womöglich daran, dass ich nur ein Produkt deiner Träume bin und du diejenige bist, die nicht so gut lügen kann.«

Vidocq lächelte. Franzi lächelte leicht verdrossen zurück. Sie wusste, dass der Geist des Detektivs nur geschickt ablenken wollte.

»Das neue Rätsel ist in doppeltem Sinn verloren«, sagte er.

»Was meinen Sie damit?«

»Die Antwort auf die Frage ist verloren, und das, worum es geht, auch. Seid ihr bereit, die Frage zu hören?«

8

»Hat es Atlantis jemals gegeben?«, wiederholte Cornelius beim Frühstück. »Das sollen wir herausfinden?«

»Schrei doch nicht so«, sagte Fynn. Er blickte zur offenen Terrassentür. Cornelius' Oma hatte mit ihnen gefrühstückt und war dann nach draußen in den Garten gegangen. Ab und zu hörten sie von dort ein »Ha!«, ein »Kchchch!« oder auch ein »Uff!«.

»Was macht sie da eigentlich?«

»Tai Chi«, erklärte Cornelius. »Aber die Kampf-Variante.«

»Tai Chi, Alter, ist so ne Art Tee«, sagte Lena. »Willst du uns etwa erzählen, dass deine Oma einen Kampftee macht? Und dabei Schreie ausstößt?«

»Der Tee heißt Chai«, verbesserte Cornelius. »Tai Chi ist eine chinesische Kampfkunst. Oder auch Meditation in Bewegung. Und meine Oma macht das jeden Morgen im Freien, egal bei welchem Wetter.«

Meistens war Lena beeindruckt von dem, was Cornelius alles wusste. Manchmal nervte es sie auch. Das war so eine Gelegenheit. Sie hatte schlecht geschlafen, weil Franzi die ganze Nacht im Schlaf geredet hatte. Leider hatte sie kein Wort verstanden.

»Du Schlauberger!«, stieß sie hervor. »Das weiß ich jetzt zufällig ganz genau: Chai ist das Zeug, das beim Feng-Shui in Häusern rumfliegt!«

»Das ist das Chi«, erwiderte Cornelius. »Es ist die Energie, die überall vorhanden ist und dafür sorgt, dass wir uns in unseren Häusern wohlfühlen. Oder so ähnlich.«

Lena funkelte Cornelius an. Jetzt war sie echt sauer. Automatisch griff sie sich ins Haar. Doch da war nichts. Sie hatte ihre Brille nicht mitgenommen. Monsterkacke!

Lena hatte etwas, was die anderen unumwunden eine »Macke« nannten. Sie trug gerne Dinge – Brillen, Masken, selbstgemachte Konstruktionen –, mit denen sie eine Hälfte ihres Gesichts verbergen konnte, wenn sie sich unsicher fühlte oder aufgewühlt war. Sie hatte schon Augenklappen wie ein Pirat, venezianische Halbmasken wie das Phantom der Oper und eine Fliegerbrille mit einem Kompass getragen, der hinter einem der Gläser klebte. Neuerdings lief sie mit einer Skibrille herum, auf deren einer Seite sie ein Stück von einem Spiegel befestigt hatte. So konnte man sich selbst dabei zuschauen, wie man Lena ansah. Wenn irgendjemand sie darauf ansprach, konterte Lena, dass sie halt ein Freak war. Wenn ihre Freunde sie darauf ansprachen, erklärte sie normalerweise fröhlich, dass sie alle Freaks waren.

Lena hätte die Brille jetzt gern übergezogen, um Cornelius damit anzustarren. Halb wütend, halb resigniert sagte sie: »Das Chi ist also so was wie die ›Macht‹ bei *Star Wars*?«

»So ähnlich«, erwiderte Cornelius.

»Ha, Alter, jetzt hab ich dich! Die ›Macht‹ besteht in Wirklichkeit aus lauter winzigen Viechern, die man im Blut hat, wenn man ein Jedi-Ritter ist!«

»Das ist die blöde Erklärung, die sich George Lucas in den Prequels ausgedacht hat – die Midi-Chlorianer«, erklärte Cornelius ungerührt. »Wahre *Star Wars*-Fans lehnen das ab.«

»Vielleicht können wir Vidocq ja fragen, ob seine Zeitmaschine uns ins *Star Wars*-Universum bringen kann. Dann lösen wir auch noch das Rätsel, was die ›Macht‹ wirklich ist«, sagte Fynn säuerlich.

Lena und Cornelius kratzten sich verlegen am Kopf. »Wir sind vom Thema abgekommen, was?«, fragte Lena.

»Nur um hunderttausend Lichtjahre«, erwiderte Fynn und grinste.

»Also … Atlantis«, sagte Cornelius und rückte sich in seinem Stuhl zurecht. »Der verlorene Kontinent …!«

»Wir könnten es jetzt googeln, aber wahrscheinlich weiß Cornelius eh Bescheid«, meinte Franzi lachend.

»Atlantis soll ein Inselreich oder sogar ein ganzer Kontinent gewesen sein, der vor über zehntausend Jahren existierte«, erklärte Cornelius. »Die Menschen dort waren sehr mächtig und kannten viele Geheimnisse, die heute verloren gegangen sind. Atlantis beherrschte fast ganz Europa und einen Teil von Afrika. Es heißt, dass alle antiken Hochkulturen von den Atlantern gegründet wurden. Ohne sie würde es unsere heutige Welt gar nicht geben. Die Atlanter eroberten ein Reich nach dem anderen,

nur die Griechen versuchten sich gegen sie zu wehren. Aber dann versank Atlantis auf unerklärliche Weise, und es blieb keine Spur davon zurück.«

»Wie kann ein ganzer Kontinent einfach verschwinden?«, fragte Lena.

»Das weiß niemand. Und man hat bis jetzt auch keine Spuren gefunden, die darauf hindeuten, wo Atlantis überhaupt gelegen hat.«

Die Freunde sahen sich beeindruckt an.

»Das meinte Vidocq also damit, als er sagte, das Rätsel handle in doppelter Hinsicht von etwas Verlorenem«, murmelte Fynn.

»Sagt mal«, begann Lena. »Wenn niemand weiß, wo Atlantis gelegen haben soll oder wann es existierte – wo und wann soll uns die Zeitmaschine dann absetzen?«

»Und dabei wollen wir noch gar nicht über das Problem reden, dass es Atlantis womöglich nie gegeben hat«, sagte Cornelius.

»Hä? Was willst du damit sagen, Alter?«

»Er meint, dass uns die Maschine, wenn wir Pech haben, mitten auf dem Ozean absetzt«, sagte Fynn.

»Also mitten im Wasser«, fügte Franzi hinzu.

»Die Zeitmaschine würde uns doch nicht irgendwo absetzen, wo wir in Lebensgefahr sind!«, sagte Lena.

»Ihren Erfinder Pierre Hanselmann hat sie beim ersten Einsatz mitten in der Schlacht von Azincourt abgesetzt«, erinnerte Cornelius. »Wisst ihr noch, was Edgar Hanselmann uns darüber erzählt hat? Dass sein Vorfahr sogar einen Pfeil im Hintern stecken hatte, als Vidocq die Zeitmaschine ausgeschaltet und ihn so zurückgeholt hat.«

»Was weißt du noch über Atlantis?«, fragte Fynn.

»Der griechische Philosoph Platon hat zum ersten Mal darüber berichtet. Das war vor zweitausendfünfhundert Jahren. Da gab es Atlantis schon seit siebentausend Jahren nicht mehr.«

»Und woher will er dann davon gewusst haben?«, fragte Lena skeptisch.

»Angeblich stand etwas darüber in irgendwelchen heiligen ägyptischen Schriften. So genau weiß ich das auch nicht, aber das können wir ja gleich ...« Cornelius griff in seine Hosentasche, dann ließ er die Mundwinkel hängen. »Ach Mist, meine Mutter hat ja mein Handy mitgenommen!«

»Dann googeln wir halt auf meinem«, sagte Lena und reichte Cornelius ihr Smartphone. Der fasste es mit spitzen Fingern an. »Ääh, ist das Schokolade da auf dem Bildschirm?«

»Nein, ein Popel«, gab Lena zurück. Cornelius legte das Telefon hastig weg. Fynn und Franzi begannen zu lachen. »Es ist Schokolade, Alter!«, sagte Lena. »Wofür hältst du mich?«

»Für jemanden, der auf das tollste Gerät der Welt Schokoflecken macht«, antwortete Cornelius.

Die Terrassentür öffnete sich plötzlich. Bernadette Jaeckel kam herein. Sie war barfuß, trug einen schwarzen Jogginganzug und hatte ihr Haar zu einem Knoten auf dem Kopf gesteckt. Ihr Gesicht war gerötet, und sie brachte einen Schwall Kälte mit herein.

»Waren Sie etwa ohne Schuhe draußen?«, fragte Franzi überrascht. »Im Dezember?«

»Klar«, sagte Bernadette fröhlich. »Das gibt 'nen schlanken Fuß!« Sie verschwand in der Küche.

»Soweit ich weiß, rollt sie sich in ihrem Garten im Winter morgens im Badeanzug durch den Schnee«, erklärte Cornelius.

»Und du sagst, wir wären Freaks«, flüsterte Fynn in Lenas Ohr.

Bernadette Jaeckel kam mit der größten Tasse, die es im Gerolstein'schen Haushalt gab, aus der Küche und setzte sich an den

Tisch. Kaffeeduft stieg daraus auf. Sie warf einen Blick auf die Uhr. »Wann müsst ihr in die Schule?«

»Jetzt gleich, Frau Jaeckel«, sagte Fynn. »Kommen Sie hier im Haus zurecht, oder sollen wir Sie schnell noch mal rumführen?«

»Was ihr sollt«, entgegnete Bernadette, »ist, mich nicht mit ›Sie‹ anzureden. Nennt mich einfach Bernadette. ›Oma‹ darf nur Cornelius zu mir sagen. Es reicht, wenn eines von euch Küken mich daran erinnert, dass ich ne alte Schachtel bin. Und – nein, danke, ich finde mich zurecht. Wann habt ihr heute aus?«

Lena öffnete den Mund, um etwas zu sagen. Aber Fynn, der blitzschnell nachgedacht hatte, trat unterm Tisch gegen ihr Bein.

»Autsch«, murmelte Lena.

»Ziemlich spät«, log Fynn. »Wir haben bis fünf Unterricht.«

Damit verschafften sie sich zumindest genügend Zeit, um zur Antiquitätenhalle zu fahren und mit Herrn Hanselmann die neue Mission zu besprechen. In Wahrheit endete der Unterricht bereits um zwölf.

»Am Freitag brummen die euch Nachmittagsunterricht auf?«, fragte Bernadette fassungslos. »Herrje, mit uns hätten die das damals nicht machen können. Wir hätten alle geschwänzt.« Sie räusperte sich und blickte verlegen von einem zum anderen. »Das habe ich nie gesagt, und ihr habt es auch nie gehört, ist das klar?«

»Es sind bloß Wahlfächer«, sagte Franzi, der natürlich sofort klar gewesen war, was ihr Zwillingsbruder bezweckte.

»Soll ich euch abholen?«

»Nein, nicht nötig«, antwortete Fynn schnell. »Wir fahren mit der U-Bahn und mit dem Bus. Das geht am einfachsten.«

»Na gut. Wenn ihr nach Hause kommt, gibt's eine Überraschung.« Bernadette lächelte.

»Was denn für eine?«, fragte Cornelius.

»Wenn ich dir sage, dass sie mit Popcorn und Chips und einem Abend mit allen *Avengers*-Filmen zu tun hat, ist es ja keine Überraschung mehr!«, sagte Bernadette und zwinkerte ihnen zu. »Ach ja – Cornelius: Ich habe gehört, dass du dein Telefon abgeben musstest zur Strafe, weil du mich angerufen hast.«

Cornelius wand sich. »Na ja, Mama war sauer ...«

»Ich liebe deine Mutter von ganzem Herzen«, sagte Bernadette. »Du brauchst sie gar nicht zu verteidigen. Aber es ist schön, dass du es tust. Hier.«

Sie legte ein Handy auf den Tisch.

Cornelius betrachtete es mit offenem Mund. »Ist das das nagelneue ...«, fragte er.

»Ja, ist es. Und es ist meins. Wenn du es kaputtmachst, reiß ich dir den Kopf ab und bewahre ihn in einem Gurkenglas auf. Ich leih es dir, aber das bleibt unter uns, okay? Ich weiß doch, dass du dich ohne Handy fühlst wie ein Cowboy ohne Pistole.«

Lena lachte. »Ich glaube, Cornelius würde eher sagen: wie ein Klonkrieger ohne Blastergewehr.«

»Das sind doch auch nur Cowboys mit Raumschiffen statt Pferden«, befand Bernadette. »Jetzt aber los, ab in die Schule. Bis heute Abend.«

»Und wie telefonierst du dann, Oma?«, fragte Cornelius, der zögerte, das Smartphone einzustecken.

»Ich nehm mein altes Handy, das tut es für die eine Woche.«

»Ich weiß jetzt, warum deine Mutter und deine Oma nicht miteinander klarkommen«, sagte Franzi später zu Cornelius, als sie zur Bushaltestelle gingen. »Sie hat lauter ungesunde Ideen.«

»Findest du das schlimm?«

»Quatsch«, sagte Lena an Franzis Stelle. »Das ist monsterritz!«

»Ich wette, wenn unsere Eltern uns die ganze Zeit ungesund ernähren würden, würde deine Oma in dieser Woche dafür sorgen, dass wir nur bewusst und gesund leben«, meinte Fynn.

Cornelius nickte. »Ja, das glaube ich auch. Oma ist echt in Ordnung.«

Umso schlechter fühlte sich Franzi, dass sie sie hatten anlügen müssen. Sie fing einen Seitenblick ihres Bruders auf, der das Gleiche dachte. Gewonnen hatten sie auch noch nicht viel – nur ein paar Stunden. Aber vielleicht reichten die ja aus, um die Lösung für ihr Dilemma zu finden. Es musste doch irgendeine Möglichkeit geben, dass sie drei Tage lang verschwunden bleiben konnten, ohne dass Cornelius' Oma sich Sorgen machte.

Merkwürdige Koordinaten

9

Edgar Hanselmann hatte wie immer schlechte Laune.

Ihm gehörte die Antiquitätenhalle, in der die Kinder im vergangenen Sommer die Zeitmaschine gefunden hatten. Sein Vorfahr Pierre Hanselmann war ein verbrecherischer Erfinder und Zeitgenosse Eugène Vidocqs gewesen. Er hatte versucht, eine Apparatur zu erfinden, mit der er sich durch Wände transportieren konnte. Sein Plan war, sich durch die Tresorwände von Banken zu »beamen« und sie auszurauben.

Vidocq war ihm auf die Spur gekommen und hatte ihn verhaften wollen. Aber das Einzige, was er vorgefunden hatte, war eine schimmernde, summende Maschine, die aus einem roten Ledersofa mit einem wuchtigen Ring aus Holz und Metall und unzähligen Skalen, Rädern, Knöpfen und Hebeln bestand.

Vidocq hatte ratlos an dem größten Hebel von allen gezogen, und Pierre Hanselmann war aus dem Nichts herausgefallen, hysterisch kreischend, dass die Engländer und die Franzosen ihn ermorden wollten. Pfeile steckten in seiner Jacke und in einem Fall auch in seinem Po.

Es hatte sich herausgestellt, dass Hanselmann aus Versehen eine Zeitmaschine erfunden hatte, die ihn ins Jahr 1415 transportiert hatte, mitten in das Schlachtgetümmel von Azincourt, wo Franzosen gegen Engländer kämpften.

Vidocq hatte den Erfinder nicht verhaftet, ihm aber dafür das Versprechen abgenommen, anständig zu bleiben und weiter an der Zeitmaschine zu arbeiten.

Später war die Zeitmaschine so etwas wie der Anker für Vidocqs Geist geworden. Die vier Freunde wussten, dass die Apparatur noch viel mehr konnte, als nur in der Zeit und zwischen den Orten hin- und herzureisen, und dass einige Geheimnisse das Ding umgaben, die Edgar Hanselmann und der Geist Eugène Vidocqs entweder selbst nicht kannten oder ihnen nicht verraten wollten. Dazu gehörte nach Fynns Meinung auch, dass die Maschine nicht immer genau das tat, was man von ihr verlangte.

»Ihr schon wieder«, sagte Hanselmann statt einer Begrüßung, als die Kinder den Laden betraten, der sich im vorderen Teil seiner Halle befand. Kein einziger Kunde hielt sich darin auf.

»Was heißt ›schon wieder‹?«, fragte Lena, die auf Hanselmanns Unhöflichkeiten am gereiztesten reagierte. »Das letzte Mal ist drei Monate her.«

»Kommt mir vor, als ob's gestern gewesen wäre«, knurrte Hanselmann.

»Geben Sie doch zu, dass Sie uns vermisst haben.«

»So wie einen rostigen Nagel im Knie!«

»Bei all dem Plunder, den Sie hier rumstehen haben, ziehen Sie sich bestimmt oft 'nen rostigen Nagel irgendwo rein.«

»Jetzt pass mal auf, du vorlaute Rotznase …«

»Vidocq hat sich wieder gemeldet«, unterbrach Fynn den beginnenden Streit. »Er hat eine neue Aufgabe für uns.«

»Und ich dachte schon, ihr seid vorbeigekommen, weil ihr Staub wischen wolltet.«

Fynn merkte, dass Lena zu einer weiteren frechen Bemerkung ansetzen wollte, die mit Hanselmanns Antiquitäten und dem herumliegenden Staub zu tun hatte. »Nein«, sagte er deshalb schnell. »Wir haben eine neue Mission.«

Hanselmann seufzte. Er riss die Tür seines Ladens auf und streckte den Kopf nach draußen. »Wir schließen in fünf Minuten!«, rief er laut. »Letzte Einkaufschance vor dem Wochenende! Zwei Prozent Rabatt bei Barzahlung!« Ein paar Leute sahen ihn verwundert an, aber niemand kam in den Laden. Die Freunde hatten den Eindruck, dass schon seit Wochen niemand etwas gekauft hatte. Hanselmann knallte die Tür zu und schloss sie ab. »Wegen eurer ständigen Besuche geh ich noch pleite!«, sagte er.

Die Zeitmaschine stand in der dunkelsten, hintersten Ecke der Halle und schimmerte vor sich hin. Hanselmann bückte sich und holte den geheimnisvollen Brief aus dem Fach im Fußteil des Sofas. Der Brief stammte von Pierre Hanselmann und Eugène Vidocq. Er enthielt eine Anleitung für die Bedienung der Maschine und – zumindest beim letzten Mal – eine Beschreibung des ersten Rätsels.

Diesmal jedoch schien etwas anders zu sein, denn Hanselmann starrte das eng beschriebene Blatt über seine Brille hinweg verblüfft an. »Hol mich der Teufel!«, brummte er.

»Was ist los?«, fragte Fynn.

»Ich erinnere mich genau, dass neulich in dem Brief stand, euer Ziel wäre der Loch Ness in Schottland und dass ihr herausfinden solltet, was es mit dem Monster auf sich hat.«

»Ja, und?«, fragte Franzi.

»Jetzt steht hier nichts mehr davon, sondern stattdessen …«

»… dass wir das Rätsel um den verschwundenen Kontinent Atlantis lösen sollen«, sagte Fynn.

»Genau. Irgendwie …«, Hanselmann drehte das dünne, vollgekritzelte Papier mit spitzen Fingern und betrachtete es staunend von allen Seiten, »... scheint der verdammte Brief genauso ein Eigenleben zu haben wie diese Maschine.«

Cornelius zuckte ängstlich zusammen.

»Also gut – Atlantis«, sagte Hanselmann. »Im Vergleich dazu war Loch Ness ein Zuckerschlecken, schätze ich.«

»Warum sagen Sie das?«, beklagte sich Cornelius.

»Na, weil's wahr ist, Superhirn! Willst du wieder ausbüxen und erst im letzten Moment zurückkommen wie beim ersten Mal? Ich schließ die Tür gern wieder für dich auf, damit du abhauen kannst.«

»Hören Sie auf damit, Cornelius dauernd runterzuputzen, nur weil er mehr weiß und tapferer ist als Sie!«, sagte Fynn wütend.

Hanselmann sah ihn überrascht an. Fynn war selbst erstaunt über seine scharfe Anrede. Er schluckte, aber er ließ nicht zu, dass man seinen Freund beleidigte.

»Wen nennst du hier einen Angsthasen?«, knurrte Hanselmann.

»Sie. Sind Sie schon mal mit der Zeitmaschine irgendwo hingereist? Wie alt sind Sie? Sechzig? Und Sie haben die Maschine Ihr ganzes Leben lang gehütet, so wie Ihr Vater und Ihr Großvater vor Ihnen, weil Pierre Hanselmann es Vidocq versprochen hat! Sechzig Jahre, in denen Sie kein einziges Mal gewagt haben, sich in das Ding zu setzen. Cornelius hat sich trotz seiner Angst reingesetzt und ist mit uns ins Jahr 1934 gereist!«

»Du riskierst 'ne ganz schön dicke Lippe, Freundchen«, sagte Hanselmann. Aber er sagte es ganz ruhig und fast nachdenklich.

Fynn hatte eigentlich erwartet, dass er zu brüllen beginnen und sie alle hinauswerfen würde. »Na gut. Sucht euch ein paar Klamotten, damit ihr am Zielort nicht auffallt. Ich mache die Maschine startklar.« Er wendete sich ab und studierte die Bedienungsanleitung.

»Da wäre noch was …«, begann Lena, aber Fynn schüttelte den Kopf, und Franzi zerrte Lena am Ärmel mit sich.

Zusammen gingen die Freunde in den Teil der Halle, in dem an Dutzenden von Kleiderständern und auf Tischen alle möglichen Klamotten lagen.

»Was denn?«, fragte Lena. »Wir müssen ihm doch sagen, dass wir noch nicht wissen, wie wir drei Tage Abwesenheit erklären sollen! Er ist ein Depp, aber er ist ein Erwachsener. Vielleicht fällt ihm was ein.«

»Wir haben schon eine Idee«, sagte Franzi.

»Und die wäre?«

»Erklären wir euch später. Suchen wir uns erst mal was zum Anziehen. Cornelius, hast du Atlantis gegoogelt? Was brauchen wir da, um nicht aufzufallen?«

»Atlantis war angeblich eine riesige Insel, die direkt vor der Meerenge von Gibraltar im Atlantik gelegen haben soll …«, begann Cornelius.

»Mensch, Alter, doch nicht wieder von Anfang an. Erzähl uns das, was wir noch nicht wissen.«

»In der Mitte der Insel gab es eine gewaltige Stadt voller Kanäle und mit dem größten Poseidontempel der Welt. Atlantis besaß mehr als tausend Kriegsschiffe und war die größte Seemacht der Welt.«

»Wer ist Poseidon?«, fragte Lena.

»Ein Gott, an den die Griechen glaubten. Der Herr des Meeres.«

»Wenn die Atlanter an einen griechischen Gott glaubten, sollten wir wahrscheinlich nicht auffallen, wenn wir uns kleiden wie die Griechen damals, oder?«, schlug Fynn vor.

Cornelius nickte. »Besonders, wenn man einer der gängigsten Theorien glaubt, was Atlantis wirklich gewesen sein soll.«

»Aha?«, sagte Lena. »Du hast das Rätsel also schon gelöst?«

»Nein, ich habe nur ein paar Theorien gelesen, und eine davon klingt am wahrscheinlichsten.« Cornelius lächelte plötzlich. »Hanselmann meint, diese Mission wäre furchtbar schwer. Aber wenn das zutrifft, was ich glaube, müssen wir nur kurz am Zielort bleiben, meine Vermutung bestätigen, und dann können wir wieder zurückreisen. Keine bösen Überraschungen diesmal.«

»Was ist das für eine Vermutung, Alter? Mach's nicht so spannend!«

»Nein, ich erklär's euch, wenn wir dort sind, okay? Ich sag euch nur, was wir an Kleidung brauchen ... wie hieß das gleich noch mal ...« Cornelius tippte auf seinem Smartphone herum. »Mann, ist das Netz hier hinten schwach.«

»Chiton«, sagte Edgar Hanselmann. Er war unbemerkt näher gekommen. »Ich kenne die gängige Theorie auch, Superhirn. Ihr braucht etwas, das Chiton heißt. Im Grunde ist das nur eine sehr weite Stoffröhre, die an den Schultern mit zwei Spangen geschlossen wird, sodass in der Mitte eine Öffnung für den Kopf und links und rechts je eine für die Arme entsteht. Eine Kordel um die Mitte – und fertig.«

»Ist ja ritz«, maulte Lena. »Hört sich genau wie etwas an, was man im Dezember auf der Straße trägt, wenn man erfrieren will.«

»Wo ihr hinreist, ist es warm genug. Kommt mit. Dahinten hab ich ein paar Ballen Leinen und 'ne Nähmaschine. Damit könnt ihr euch selbst was basteln. Oder bringt man euch Gören heutzutage in der Schule etwa nicht mehr bei, wie man was zusammennäht?«

Dummerweise hatte keiner der Freunde einen blassen Schimmer, wie man eine Nähmaschine bedient. Also setzte sich Hanselmann grummelnd hin und nähte eilig vier Stoffröhren zusammen. »Anziehen könnt ihr euch hoffentlich selber. Lasst eure Unterwäsche an, aber lasst sie niemanden anderen sehen. Die Unterwäsche damals hat etwas anders ausgesehen.«

»Wie kommen Sie darauf, dass wir den Leuten unsere Unterwäsche zeigen wollen?«, schnappte Lena. Aber Hanselmann reagierte gar nicht auf sie und stapfte stattdessen zur Zeitmaschine.

Mit einiger Mühe halfen die Freunde sich gegenseitig in die Chitons. Die der beiden Jungs endeten auf Höhe der Knie. Die der beiden Mädchen reichten bis zum Boden. Hanselmann hatte ein gutes Augenmaß bewiesen.

»Wir haben schon zwei Stunden verloren«, sagte Cornelius besorgt. »Wie soll das klappen? Meine Oma erwartet uns um fünf Uhr zurück!«

»Fertig!«, echote Hanselmanns Stimme durch die Halle. »Auf geht's in den Weltuntergang!«

10

»Wieso Weltuntergang?«, fragte Lena, als sie vor der Zeitmaschine standen. Das Feld innerhalb des wuchtigen Rings waberte wie die Luft über einer Kerzenflamme, und die Maschine summte und vibrierte erwartungsvoll.

»Hat euch Superhirn nicht gesagt, wie Atlantis versunken ist?«

»Äh …«, machte Cornelius. »Stimmt, dazu sind wir gar nicht gekommen.«

»Ich dachte, es wäre so wie mit den Pazifikinseln, über die unsere Eltern berichten …«, sagte Lena gedehnt. »Dass Atlantis über zwanzig oder dreißig Jahre hinweg langsam versunken ist, weil der Meeresspiegel stieg …« Allmählich dämmerte ihr, dass sie damit wohl falsch lag.

»Ein Tag«, sagte Hanselmann grimmig. »Ein schrecklicher Tag, heißt es bei Platon, und eine unheilvolle Nacht …!«

»Es könnte eine Naturkatastrophe gewesen sein«, bestätigte Cornelius.

Hanselmann warf die Arme in die Luft. »BAMM!«, rief er. »Eine riesige Vulkanexplosion! Eine gewaltige schwarze Aschewolke, die bis in die höchsten Schichten der Atmosphäre steigt! Felsen fallen vom Himmel, Feuer regnet aus der Wolke. Die Erde reißt auf! Glühende Lava verschluckt das Land. Eine zwanzig Meter hohe Flutwelle vernichtet das Leben an allen Küsten ringsherum! Erdbeben zerstören die Städte, einstürzende Schluchten reißen ganze Reiche in den Abgrund …« Er räusperte sich, als er

die weit aufgerissenen Augen der Kinder sah. »Ähem. Hab mich wohl etwas gehen lassen.«

Cornelius fand als Erster die Sprache wieder. »Das ist die Theorie, die ich meinte. Sie besagt, Platon könnte mit Atlantis in Wirklichkeit das Reich der Minoer beschrieben haben. Es lag auf der Insel Kreta im Mittelmeer und wurde vom Ausbruch des Vulkans auf der Nachbarinsel Santorin zerstört.«

»Und wann, bitte, wolltest du uns das sagen, Alter?«, erkundigte sich Lena ärgerlich. »Wenn uns die ersten Felsen auf den Kopf fallen?«

»Wer sagt denn, dass die Maschine uns mitten in dieser Katastrophe absetzt?«, fragte Fynn. »Um zu beweisen, dass Atlantis in Wahrheit das minoische Reich war, müssen wir doch nicht bei seinem Untergang dabei sein.«

»Dein Wort in Gottes Ohr«, brummte Hanselmann.

»Welche Koordinaten haben Sie denn eingestellt?«, fragte Cornelius.

Hanselmann zuckte mit den Schultern. »Kreta, was sonst?«

»Und welches Jahr?«

»Schaut mal her, ich zeig euch was.«

Er deutete auf eine komplizierte Skala, auf der mehrere Zeiger bis zum Anschlag in den roten Bereichen standen und zitterten. »Hier wird der Ziel-Zeitpunkt eingestellt. Das geht normalerweise auf den Tag genau. Aber diesmal …« Er drehte an den Rädchen unterhalb der Skalen, doch die Zeiger rührten sich nicht. »Als ich die Ortskoordinaten einstellen wollte, bewegten sich die Zeiger plötzlich ganz von allein in die roten Bereiche, und jetzt lassen sie sich nicht mehr verändern.«

Fynn schluckte. »Und welche Zeit ist eingestellt?«

»Keine Ahnung. Du siehst ja, dass die Zeiger außerhalb der Anzeige liegen. Hört mal – ihr solltet diese Mission abbrechen. Ganz ehrlich.«

»Ich vertraue auf Vidocq«, sagte Fynn fest. Franzi nickte. Die Zwillinge blickten Lena und Cornelius an. »Ihr wisst, dass ihr nicht mitzukommen braucht, wenn ihr das nicht möchtet.«

»Haltet die Klappe«, sagte Lena, obwohl sie auf einmal ziemlich blass geworden war und versuchte, unbekümmert zu klingen.

»Ich verzichte doch nicht auf den spektakulären Skyfall-Ritt mit dieser Maschine!«, sagte Cornelius, der ein Fan von möglichst abenteuerlichen Fahrgeschäften war und den das Zeitreisen an den Skyfall auf dem Oktoberfest erinnert hatte. Aber er hörte sich noch gezwungener und zittriger an als Lena.

»Na gut. Habt ihr alles abgelegt, was nicht in die Zielzeit gehört? Handys, Uhren, Schmuck, Nasenringe?« Hanselmann grinste verächtlich. »Schalt dein Telefon auf lautlos, Schlauberger, damit es die nächsten Tage nicht dauernd klingelt und mich aus der Konzentration reißt!«

»Können Sie die Rückkehrzeit eigentlich auch manuell einstellen?«, fragte Fynn plötzlich.

»Wie – die Rückkehrzeit? Die Maschine kehrt automatisch nach drei Tagen zurück. Schlag Mitternacht am Tag nach Neumond.«

»Das gilt für die Zeit am Zielort«, sagte Fynn. »Aber das ist doch eine Zeitmaschine. Das heißt, sie kann zu einem beliebigen Zeitpunkt in die Gegenwart zurückkehren, oder nicht?«

Hanselmann kratzte sich am Kopf. »Das müsste tatsächlich funktionieren«, sagte er. Er studierte die Bedienungsanleitung. »Hmmm. Ah! Nö. Doch nicht. Aber hier ... aha ...«

»Stellen Sie die Rückkehrzeit auf halb fünf Uhr heute Abend ein, okay?«, bat Fynn.

»Und warum?«

»Weil wir keine Ausrede haben, warum wir drei Tage verschwunden sein werden«, sagte Franzi.

Cornelius und Lena starrten die Zwillinge mit offenen Mündern an. Lena begann zu grinsen. »Da ist ja so was von ritz, Alter!«, sagte sie bewundernd. »Darauf hätte ich auch kommen können!«

»Ihr wollt also wirklich los?«, fragte Hanselmann.

»Ja.«

»Na dann viel Spaß«, brummte der Händler. Die Kinder nahmen auf dem Sofa Platz. »Drei ... zwei ... eins ...«

SSSSSHHHH-ZAMMM!

11

Dass ausgerechnet er der Hüter der Zeitmaschine war, nervte Edgar Hanselmann unendlich. Dass Vidocqs Missionen von Kindern ausgeführt wurden, nervte ihn noch mehr. Und dass er ständig unsicher war, was die Maschine tun würde und ob er ihre Funktionsweise wenigstens annähernd verstand, nervte ihn am allermeisten. Denn trotz seiner Ruppigkeit und Unfreundlichkeit war er kein schlechter Mensch, und er machte sich Sorgen um das Wohlergehen der vier Freunde.

Deshalb sperrte er seinen Laden auch nicht wieder auf, sondern rückte sich einen alten Ohrensessel vor die Zeitmaschine, holte sich eine große Tasse Kaffee und blieb davor sitzen. Er würde seinen Wachposten erst wieder verlassen, wenn die Kinder um halb fünf wohlbehalten zurück waren. Und bis dahin würde er den großen Hebel, mit dem man die Maschine abstellte, nicht aus den Augen lassen. Sobald er auch nur das geringste Gefühl hatte, dass irgendwas nicht stimmte, würde er an ihm ziehen.

Hanselmann wusste, dass die Maschine auf ihren Zeitreisen quasi zweimal vorhanden war. Sie schickte eine Art Spiegelbild von sich selbst an den Ort und die Zeit, die als Zielkoordinaten eingestellt waren. Deshalb konnte man sie auch in der Gegenwart ausstellen, wenn es nötig war. Sonst hätte Vidocq damals auch Hanselmanns Vorfahren nicht aus der Schlacht von Azincourt zurückholen können.

Hanselmann fragte sich besorgt, ob er diesmal die Kinder nicht in eine noch größere Gefahr als Azincourt geschickt hatte.

Um Viertel nach vier wurde er unruhig. Um halb fünf saß er auf der Kante seines Sessels. Und Viertel vor fünf nagte er an seinen Fingernägeln und verglich ständig seine Taschenuhr, seine Armbanduhr und die alte Standuhr seines Großvaters miteinander. Die Maschine stand reglos da. Er wusste, dass er die Rückkehrzeit exakt eingestellt hatte, aber die Kinder tauchten nicht wieder auf. Um fünf vor fünf sprang er völlig entnervt auf, rief »Kacke!« und zog mit aller Gewalt an dem großen Hebel. Er sprang zurück, damit die Kinder ihm nicht auf die Füße fielen.

Doch nichts geschah. Die Kinder kamen nicht zurück.

Hanselmann starrte die Maschine an. Er sagte: »Um Gottes willen!« Er gab ihr einen Tritt. Er schrie sie an. Er rüttelte an ihr. Er sagte: »Oh verdammte, verdammte Kacke!«

Dann rannte er nach vorn in seinen Laden und tippte mit zitternden Fingern eine Nummer in sein Telefon ein. Die Nummer stand auf der Visitenkarte von *Gerolstein Doks*. Er war noch nicht fertig damit, als vor der versperrten Glastür seines Ladens auf einmal eine Gestalt mit einem Motorradhelm auf dem Kopf auftauchte und mit der geballten Faust dagegen hämmerte.

Unheilsboten

12

»Wuuhuuu!«, rief Cornelius. »Das könnte ich den ganzen Tag machen!«

»Ich brauch 'nen Eimer«, sagte Lena, die grün im Gesicht war und würgte.

Fynn wand sich unter dem Ring der Zeitmaschine hervor und stolperte ein paar Schritte vorwärts. Cornelius' Vergleich, dass eine Reise mit der Zeitmaschine wie ein Ritt auf dem Skyfall war, traf es ziemlich gut. Fynn schluckte, weil er das Gefühl hatte, sein Magen sei ihm in die Kehle gerutscht.

»Wenigstens haben wir gutes Wetter erwischt«, sagte Franzi.

Die Zeitmaschine war in einem kleinen, natürlichen Krater gelandet. Um sie herum bildete nackter brauner Stein einen runden Wall. Darüber wölbte sich ein strahlend blauer Spätnachmittagshimmel, an dem nur eine kleine weiße Wolke zu sehen war. Es war warm. Der Wind roch nach Salz, Staub und Meer.

Fynn und Franzi sahen sich an. Franzi nickte. Fynn wandte sich ab und kletterte den Wall hinauf, um einen besseren Überblick zu haben. Die anderen kamen ebenfalls unter dem Ring hervor. Cornelius legte Lena, die sich vornüberbeugte und auf den Knien abstützte, eine Hand auf die Schulter. Lena lächelte ihn schwach an. »Geht gleich wieder, Alter«, sagte sie, holte tief Luft und richtete sich auf. »Monsterkrass, dieser Ritt.«

»Oh nein!«, rief Fynn. »So ein Mist.«

Erschrocken krabbelten die anderen zu ihm hinauf. Von hier oben hatten sie tatsächlich einen guten Überblick.

Sie sahen eine Steilküste, an der sich in einiger Entfernung, dort, wo die braunen Klippen endeten und das Ufer flach wurde, Hafenanlagen erhoben. Ein großes gemauertes Hafenbecken mit einem weit ausgreifenden Schutzdeich war zu erkennen, an dessen Ende ein Turm stand, wahrscheinlich ein Leuchtturm. Die Masten der im Hafen ankernden Schiffe waren dünne, senkrechte Striche, ihre bunten Rümpfe sahen aus wie die von Spielzeugbooten. Die Stadt, die zu dem Hafen gehörte, zog sich einen steilen Hang hinauf und bestand aus ineinander verschachtelten weißen Häusern, zwischen denen sich da und dort ein Turm oder eine Kuppel erhoben. Wenn man genau hinsah, konnte man einen freien zentralen Platz mit einer großen Säulenhalle sehen. Die Stadt war mindestens zwei oder drei Kilometer entfernt. Die in der Hitze schimmernde, bebende Luft ließ die Einzelheiten verschwimmen.

Direkt gegenüber war die Steilküste zwanzig, dreißig Meter hoch. Oben auf dem Kamm waren die Wipfel von Bäumen zu erkennen, deren Zweige sich in der Brise wiegten. In winzigen Buchten am Fuß der Steilküste, die man nur mit einem Boot oder kletternd erreichen konnte, leuchteten weiße Sandstrände.

Die Steilküste lag deshalb den Kindern gegenüber, weil die

Zeitmaschine auf einem vorgelagerten Inselchen gelandet war. Zwischen ihr und der Steilküste befand sich ein mindestens zwei Kilometer breiter Streifen Meer.

»Na toll«, sagte Cornelius. »Wie kommen wir da jetzt rüber?« Er drehte sich einmal um sich selbst. »Diese kleine Insel hier ist ja wohl kaum Atlantis.«

»Das blöde Ding könnte uns zur Abwechslung auch mal im Zentrum des Geschehens absetzen«, maulte Lena. Bei ihrem ersten Abenteuer in Schottland waren sie mitten in der Nacht in einer alten Burgruine gelandet und hatten ewig laufen müssen.

»Wahrscheinlich ist sie so programmiert, dass sie genau das nicht tut«, sagte Fynn. »Was, glaubst du, wäre los, wenn wir auf einmal mitten auf einem Marktplatz aus der leeren Luft heraus auftauchen würden?«

Lena grinste. »Eine Massenpanik. Wir würden sie alle vor uns her scheuchen.« Sie hob die Hände und formte sie zu Krallen. »GRRROAARRR!«

»Und danach würde man uns verhaften oder mit Steinen nach uns werfen«, sagte Franzi nüchtern.

»Oh«, meinte Lena. »Nicht so ritz.«

»Ich gehe mal davon aus, dass das dort drüben das eigentliche Atlantis ist«, sagte Cornelius, der sich ein bisschen entmutigt fühlte, dass ihr Abenteuer schon wieder mit dem blöden Problem begann, wie sie ihr Ziel überhaupt erreichen konnten. »Aber wir sitzen hier fest.«

»Und – ist das da drüben dann Kreta?«, fragte Franzi ihn.

»Keine Ahnung.«

»Irgendwie habe ich das Gefühl, wir sind nie genügend vorbereitet«, brummte Franzi.

»Ich weiß es doch auch nicht!«, verteidigte sich Cornelius. »Warst du jemals auf Kreta? Ich nicht. Wie oft haben wir getrennt Urlaub gemacht? So gut wie nie! Gemeinsam waren wir jedenfalls nie hier. Und wenn ich mit Mama allein im Urlaub war, sind wir immer nach Südtirol gefahren!«

»Ich hab dich ja nicht angegriffen«, sagte Franzi. »Reagier doch nicht gleich so gereizt!«

»Da unten ist jemand«, sagte Fynn. Er deutete auf den schmalen, steinigen Ufersaum weit unter ihnen. Der Krater, in dem die Zeitmaschine aufgetaucht war, lag ziemlich weit oben an der Seite des steilen Hügels, der die gesamte Insel ausmachte. Sie ragte aus dem Wasser wie ein Katzenbuckel. »Vielleicht ein Fischer. Fragen wir ihn, ob er ein Boot hat, mit dem er uns rüberbringen kann.«

»Fragen wir ihn erst mal, wo wir hier überhaupt gelandet sind, Alter«, schlug Lena vor.

»Ob der uns versteht?«, gab Cornelius zu bedenken.

»In Schottland konnten wir auch die Sprache«, sagte Fynn. »Die Zeitmaschine hat das irgendwie hingekriegt.«

»Aber in Schottland haben sie wenigstens Englisch gesprochen. Wer weiß, was hier geredet wird. Wenn das Kreta ist, dann sprechen sie ... äh ... Altgriechisch! Wer weiß, ob die Maschine das kann!«

Doch die Frage, ob sie die Sprache der Menschen hier verstanden, konnten sie erst mal auf später verschieben. Denn der vermeintliche Fischer war kein Geringerer als die jüngere Ausgabe von Eugène Vidocq. Der junge, schlaksige Mann hatte sich auf einen Felsen gesetzt. Neben ihm lagen ein dicker, langer Mantel, eine kurze Jacke mit langen Schößen, ein Hut mit weiter Krempe, eine bunte Weste und eine unordentlich hingeworfene Halsbinde. Er hatte die Ärmel seines Hemds hochgekrempelt und den Kragen weit geöffnet. Seine Stiefel standen neben dem Stein, auf dem er saß, die Strümpfe hingen aus ihnen heraus wie hechelnde Zungen. Unterhalb seiner Kniebundhose waren seine Waden nackt und weiß. Er wackelte mit den Zehen, hatte das Gesicht der schräg stehenden Sonne zugewandt und schien die Wärme zu genießen. Er öffnete die Augen nicht einmal, als er die Kinder näher kommen hörte.

»Lasst mich raten«, seufzte er. »Der schlaue Fynn, die schöne Franzi, der gebildete Cornelius und ...«

»Machen Sie jetzt bloß keinen Fehler«, warnte Lena.

».... die bewundernswerte Lena.«

»Woher haben Sie gewusst, dass wir es sind?«, fragte Fynn, während Lena noch überlegte, ob Vidocq sie nur elegant veräppelt oder ob er das Kompliment ernst gemeint hatte.

»Gerade noch stand ich in einem der Eingangsportale von Notre-Dame und habe mir den Pariser Dezemberregen angeschaut – und plötzlich, nach ein paar Sekunden, die sich so angefühlt haben, als sei ich ein Handschuh, in den jemand hineingreift und ihn umstülpt, sitze ich hier in der Sonne. Was kann daher anderes passiert sein, als dass die vier tapferen kleinen Abenteurer im Auftrag meines zukünftigen Selbst erneut unterwegs sind und mich wieder mitschleifen? Ob ich nun will oder nicht.«

»Sie können sich ja in dreißig Jahren selbst dafür in den Hintern treten«, empfahl Lena. »Ist schließlich Ihre Idee, dass wir uns wegen der Lösung Ihrer Rätsel den Ar...«

»... den Arm auskugeln«, sagte Vidocq und grinste. »Die bewundernswerte Lena wird doch nicht etwa vulgäre Worte benutzen?«

»Alter, ich hab noch gar nicht angefangen mit den vulgären Worten!«, explodierte Lena.

Vidocq ignorierte sie. Er öffnete die Augen und wandte sich an Fynn. »Das Komische ist, dass ich, bevor ich hier zu mir kam, überhaupt keine Erinnerung mehr an euch hatte. Aber jetzt weiß ich wieder alles.«

»Ja, das kennen wir«, seufzte Fynn. »Wahrscheinlich werden Sie sich nicht wundern, wenn wir Ihnen sagen, dass Sie auch dafür verantwortlich sind. Also besser gesagt, Ihr Geist.«

Vidocq drehte sein Gesicht wieder der Sonne zu. »Wenigstens habt ihr diesmal genug Geschmack besessen, in die Wärme zu reisen. Der Dezember in Paris ist grässlich, wenn man keine ordentliche Bleibe hat und den ganzen Tag draußen herumrennen muss.«

»Wissen Sie überhaupt, wo wir sind?«

»Du wirst es mir sicher gleich sagen.«

Statt Fynn antwortete Cornelius. »Das ist Atlantis!«, erklärte er und deutete auf die gegenüberliegende Steilküste.

»Entzückend«, sagte Vidocq.

»Wissen Sie denn nicht, was Atlantis ist!?«

»Wenn dort weiterhin dieses Wetter herrscht – mein neuer Lieblingsort.«

»Atlantis ist der Kontinent, der innerhalb eines Tages und einer Nacht im Meer versank!« Cornelius korrigierte sich sofort: »Versinken wird!«

»Dann sollte man sich hier wohl besser kein Haus kaufen, oder?«

Lena wandte sich verärgert ab. Woran lag es nur, dass der junge Vidocq ihr schon nach kurzer Zeit wieder auf die Nerven ging? Dabei sah er so schick aus mit seinem langen Haar, dem Bärtchen und den eleganten Klamotten.

»Niemand weiß, ob es Atlantis wirklich gegeben hat, und wenn ja, wo es gelegen hat. Das ist es, was wir rausfinden sollen.«

»Unglaublich, für welchen Kram ich mich interessiere, wenn ich erst ein Geist bin.« Vidocq zuckte plötzlich zusammen und riss theatralisch die Augen auf. »Aber – das gibt's doch nicht! Schaut doch! Da drüben!« Er wies mit total übertrieben gespielter Aufregung zur gegenüberliegenden Steilküste. »Ist das nicht ...? Ich werd verrückt! Das ist doch – Atlantis! Unglaublich! Auftrag erfüllt. Können wir uns jetzt wieder hinlegen? Ich will die Sonne noch etwas genießen.«

»Sie brauchen ja nicht mitzukommen«, sagte Lena. »Sie sind eh nur ein Hindernis.«

Vidcoq winkte lässig ab. »Viel Erfolg. Richtet meinem Geist schöne Grüße aus.«

»Wir brauchen ein Boot«, sagte Fynn, als sie Vidocq verließen.

Er und Franzi machten sich keine großen Gedanken über den jungen Mann, der einmal der berühmteste Detektiv der Welt sein würde. Früher oder später würde er wieder zu ihnen stoßen. Der Geist Vidocqs hatte sein jüngeres Selbst als Teil des Teams auserkoren, damit ein Erwachsener in ihrer Nähe war und ihnen half. Aber die Zwillinge hatten schon beim letzten Mal den Eindruck gewonnen, dass der alte Vidocq es in Wahrheit genau andersherum geplant hatte: Erst indem sein junges Ich die vier Freunde begleitete, konnte aus dem Hallodri, Betrüger und Gauner Vidocq der bekannte Gesetzeshüter und Verbrechensbekämpfer werden. Lena, die sich regelmäßig grün und blau über den jungen Vidocq ärgerte, und Cornelius, der nicht wusste, ob er sich von dem Franzosen gedemütigt oder genervt fühlen sollte, sahen die Sache nicht ganz so klar.

»Und wo soll hier ein Boot herkommen?«, fragte Lena.

»Marschieren wir einfach um das Ufer herum«, schlug Franzi vor. »Wenn sich hier tatsächlich Fischer oder Muschelsucher oder Krebssammler aufhalten«, sie wies auf die vielen Taschenkrebse, die zwischen den Steinen herumkrabbelten, »müssen sie ihr Boot ja irgendwo ans Ufer gezogen haben. Dann finden wir sie und können sie fragen, ob sie uns mit rübernehmen.«

Cornelius schirmte seine Augen mit einer Hand vor der Sonne ab und spähte nach oben. »Diese komische kleine Wolke ist immer noch da«, sagte er. »Eine seltsame Form hat die – sieht aus wie ein Tropfen. Ich könnte schwören, dass sie sich nicht bewegt hat.«

»Vielleicht geht da oben kein Wind, Alter«, meinte Lena.

Fynn drehte sich um, weil er hinter sich Rufe hörte. Vidocq stand auf seinem Felsen und winkte ihnen zu. Er hatte seine Weste und Jacke angezogen und sich den Hut auf den Kopf gestülpt. Den Mantel hatte er über den Arm gehängt.

»Was will er?«, brummte Lena.

»Wir sollen wieder zurückkommen«, sagte Fynn. »Anscheinend will er jetzt doch mit uns zusammenarbeiten.«

»Und warum sollen wir dann ausgerechnet wieder zu ihm hinlatschen?«

»Ich glaube, er weiß, wo wir hier ein Boot finden können.«

13

»Ich habe beschlossen, euch zu helfen«, verkündete Vidocq großzügig. »Ohne mich kommt ihr ja nicht weit.«

»Und mit Ihnen kommen wir erst recht nirgendwohin«, sagte Lena.

»Mit mir«, sagte Vidocq, »kommt ihr zum Beispiel zu einem Boot.«

Er sprang vom Felsen herunter und trottete in der anderen Richtung am Ufer entlang. Die Freunde folgten ihm. Nach kurzer Zeit standen sie vor einem bunt bemalten Ruderboot, das auf einem kleinen Kiesstrand zurückgelassen worden war. Das Boot hatte einen hoch gezogenen Vordersteven, und auf den Bug waren zwei freundlich blickende Augen mit langen Wimpern gemalt.

»Wo kommt das her?«, fragte Franzi.

»Ich schätze, es gehört den beiden dort draußen.« Vidocq zeigte aufs Meer. In weiter Ferne und im gleißenden Licht der schräg stehenden Sonne fast nicht erkennbar dümpelte ein weiteres Boot auf den Wellen. »Wahrscheinlich haben sie sich zusammengetan, weil zwei Mann ein Fischernetz leichter ins Boot hieven können als einer.«

»Oh nein!«, sagte Cornelius. »Nein, nein, nein!«

Die anderen starrten ihn an. Cornelius fühlte, wie das Blut in seine Wangen stieg. »Ihr wollt das Boot klauen! Aber ich hab mir geschworen, dass wir nicht noch mal was klauen. Dass wir damals in Inverness einfach die Fahrräder genommen haben, war schon zu viel. Stehlen darf man nicht! Ich mach da nicht mit.«

»Du kannst gern warten, bis die zwei wieder an Land kommen«, erklärte Vidocq, »und sie dann freundlich um ihr Boot bitten. Aber erstens werden sie es dir nicht geben, und zweitens kann es gut sein, dass die die halbe Nacht dort draußen bleiben. Ein Fischer, der erst am Spätnachmittag rausfährt, ist auf Nachtfang aus.«

»Wir klauen das Boot auf keinen Fall!«, sagte Cornelius fest entschlossen. Lena nickte und funkelte Vidocq an. Fynn und Franzi tauschten einen Blick.

»Er hat recht«, sagte Fynn, und Franzi fügte hinzu: »Wir könnten denen ja ein bisschen Geld als Leihgebühr dalassen und eine Nachricht schreiben, dass sie das Boot im Hafen finden.«

Vidocq schüttelte den Kopf. »Ihr macht mich fertig«, seufzte er. »Dann rückt mal das Geld raus.«

»Wir haben keins dabei. Und wenn, würde es hier niemandem was nützen.« Fynn zuckte mit den Schultern. »Ich glaube kaum, dass hier jemand Euro annehmen wird.«

»Aber mein Geld würde was nützen? Vorausgesetzt, ich hätte welches?«

»Und – haben Sie?«, fragte Lena herausfordernd.

Vidocq kramte in seiner Hosentasche und holte drei goldene Münzen heraus. Er seufzte wieder. »Großzügig, wie ich bin, werde ich eurer kleinlichen Moral entsprechen und die Leihgebühr entrichten.« Er zeigte ihnen die Münzen. »Das sind Louis d'or – reine Goldmünzen. Konsul Bonaparte hat erst letztes Jahr eine neue Währung eingeführt, sie heißt Franc und ist nicht mehr aus Gold. Aber man findet immer noch ein paar reiche Idioten, die die alten Goldmünzen in der Tasche spazieren tragen.«

»Sie haben diese drei Münzen gestohlen!«, rief Cornelius anklagend.

Vicocq grinste. »Genau genommen hab ich dem Trottel fünf Stück davon aus dem Hosensack gezaubert, während er und sein besoffener Kumpan sich einen Spaß daraus machten, einem blinden Bettler die Almosenschale wegzunehmen. Aber ich denke, dass drei Louis d'or als Leihgebühr genug sind.«

Wenig später saßen sie im Boot. Fynn und Cornelius ruderten. Vidocq fläzte faul im Heck und ließ die Hand träumerisch durch das Wasser gleiten.

Den Kindern war nicht wohl dabei, dass sie das Boot genommen hatten, auch wenn Vidocq die Goldmünzen zurückgelassen hatte. Es war ihnen auch nicht wohl dabei, dass die Goldmünzen ihrerseits gestohlen waren, selbst wenn Vidocq sie offensichtlich einem gemeinen Menschen abgenommen hatte. Aber sie hatten kaum eine Wahl gehabt.

Sie ruderten durch eine sanfte Dünung und durch tiefblaues, kristallreines Wasser. Fynn und Cornelius saßen mit dem Rücken zum Festland. Ab und zu gab ihnen Vidocq träge eine Richtungskorrektur durch.

Die Mädchen saßen im Bug.

Deshalb sahen sie es auch als Erstes.

»Schaut doch mal!«, rief Lena. »Was ist das denn, Alter?«

Vom Festland her näherte sich ein riesiger Schwarm Kreaturen, die dicht unter der Wasseroberfläche schwammen. Es mussten Tausende sein. Das Sonnenlicht brach sich auf ihren Panzern und zeichnete ein goldenes Netzmuster darauf. Dicht vor dem Boot teilte sich der Schwarm und strömte links und rechts daran vorbei. Die Tiere schienen durchs Wasser zu fliegen.

»Das sind Wasserschildkröten!«, sagte Franzi begeistert. Sie tauchte die Hand ins Wasser. Die Schildkröten wichen ihr aus.

»Voll ritz«, meinte Lena. Sie war fasziniert von den Tieren, die vollkommen schwerelos wirkten.

»Wieso sind das so viele?«, fragte Cornelius. »Und wieso haben sie's so eilig?«

Hinter dem Boot fand der Schwarm wieder zusammen und eilte weiter. Die Freunde und Vidocq sahen ihm nach. Dann zuckten sie erschrocken zusammen – vom Festland drang auf einmal lautes Kreischen zu ihnen herüber. Ein Vogelschwarm tanzte über der Steilküste. Die Vögel schienen ihre Nester in den Klippen zu haben und wirkten auf einmal wie aufgescheucht. In einer dichten Wolke flatterten sie aufgeregt in der Luft. Und dann, als ob sie einen Befehl erhalten hätten, formierten sie sich plötzlich und flogen aufs Meer hinaus – genau auf das kleine Boot zu.

»Alles in Deckung!«, schrie Lena. »Wenn die Durchfall bekommen ...!«

Doch keiner der Vögel verlor auch nur einen Klecks. Kreischend, schnatternd, schreiend flog der riesige Schwarm über das Boot hinweg und warf einen dunklen Schatten auf das Wasser. Es waren unendlich viele. Fynn bildete sich ein, den trockenen Geruch der Federn zu riechen.

Die Vögel folgten den Schildkröten. Vor der kleinen Insel erhob sich der Schwarm in die Höhe, flog dicht über sie hinweg und verschwand dahinter. Man konnte das Kreischen noch hören und ab und zu einen Vogel sehen, der aufflog, dann wurde das Geräusch leiser. Schließlich sahen sie den Schwarm noch einmal von weit weg wie eine Rauchwolke, die sich in die Luft erhob und dort tanzte – bis die Vögel endgültig in der Ferne verschwanden.

Die Kinder sahen sich an. Fynn fühlte, wie sein Herz schneller pochte. Weder die Schildkröten noch die Vögel hatten ihnen etwas getan. Dennoch waren die beiden Schwärme erschreckend und irgendwie unheimlich gewesen. Was war in die Tiere gefahren?

»Sagt man das bei euch auch – nie zwei ohne drei?«, fragte Vidocq.

»Bei uns heißt es: Aller guten Dinge sind drei«, erwiderte Cornelius. »Warum?«

»Dreh dich mal um.«

Cornelius spähte über die Schulter. Er glaubte, seinen Augen nicht zu trauen. Neben ihm keuchte Fynn, und Lena und Franzi hielten sich erschrocken am Dollbord des Bootes fest.

»Was ist das?«, rief Cornelius entsetzt.

»Keine Ahnung«, stieß Vidocq hervor. »Aber ich würde vorschlagen: Rudert, was das Zeug hält!«

14

Edgar Hanselmann öffnete die Tür, und das Wesen mit dem Motorradhelm stürzte in seinen Laden. Es stemmte die Hände in die Hüften und rief angriffslustig: »Omm imm imm Immu?«

Hanselmann deutete ratlos auf den Helm. »Versteh kein Wort«, sagte er.

Der Helm wurde ungeduldig entfernt. Darunter kam zerzaustes, pechschwarz gefärbtes Haar zum Vorschein. Das Wesen mit dem Motorradhelm war eine ältere Dame, die gekleidet war wie eine Rockerbraut. Sie funkelte ihn an. »Wo sind die Kinder? Und glauben Sie bloß nicht, dass Sie mir irgendeinen Mist erzählen können!«

Sie versuchte, an ihm vorbei aus dem Laden in die Halle zu gelangen. Hanselmann stellte sich ihr in den Weg. Die Dame hob drohend den Helm. »Lassen Sie mich durch!«

»Wer sind Sie überhaupt?«

»Ich bin Cornelius' Großmutter. Und wenn Sie nicht sofort zur Seite treten, hau ich Ihnen den Helm auf den Kopf, dass Sie durch Ihre Rippen gucken wie der Affe durchs Gitter!«

»Die Kinder sind nicht hier«, sagte Hanselmann.

»Quatsch. Ich hab Cornelius' Handy geortet. Das Signal war schwach, aber es kommt aus Ihrer Bruchbude.«

»Sie haben *was*?«

»Passen Sie mal auf, Sie verstaubter Wallenstein!« Hanselmann griff unwillkürlich an seinen Musketierbart. »Ich lass mir ja einiges gefallen, und dass die Kinder mich reinzulegen versuchen und mir erzählen, sie hätten nachmittags Schule, damit sie ein bisschen ausbüxen können, ist okay. Aber dann nicht ans Handy zu gehen, obwohl ich fünfzig Mal angerufen habe, nachdem ich kapiert habe, was hier läuft – das sieht meinem Cornelius gar nicht ähnlich. Was ist also hier los? Wenn Sie mit den Kindern unter einer Decke stecken und die irgendeinen Unfug ausgebrütet haben, dann sag ich Ihnen: Der Spaß ist jetzt vorbei!«

»Sie haben das Handy geortet?« Hanselmann konnte es nicht fassen. Wer war diese verrückte alte Schachtel? Eine Geheimagentin?!

»Ich habe Cornelius mein neues Handy gegeben. Es hat die Ortungsfunktion aktiviert, falls ich es mal verlege oder es geklaut wird. Schon mal was davon gehört? Oder kommunizieren Sie noch über Rauchzeichen?«

»Äh …«, machte Hanselmann.

Cornelius' Großmutter drängte sich an ihm vorbei. »Und

jetzt such ich die Kinder, und wenn ich sie nicht in fünf Minuten wohlbehalten und fröhlich gefunden habe, lasse ich Ihren Laden von der Polizei auseinandernehmen, und einen Eimer haben die dann auch gleich mit dabei.«

»Einen Eimer?«

»Um das aufzuwischen, was ich von Ihnen übrig lasse, wenn den Kindern auch nur ein Härchen gekrümmt worden ist.« Cornelius' Oma hob erneut drohend den Helm. Hanselmann duckte sich, und sie sauste an ihm vorbei in die große, dunkle Halle hinein. »Cornelius? Fynn? Franzi? Lenaaaaaa!«

Hanselmann rannte ihr hinterher. In seiner Panik und Verwirrung hatte er nur einen Gedanken: Die verrückte Alte durfte auf keinen Fall die Zeitmaschine entdecken!

15

Aus Richtung der Küste rollte eine riesige Gischtwelle auf das Boot mit den Freunden zu. Sie zog sich mindestens zweihundert Meter in die Breite und schäumte, spritzte und rauschte. Bewegungen waren in der Welle erkennbar, als ob große Körper darin zappeln würden. Überall sonst war das Meer ruhig. Die Welle näherte sich ihnen mit großer Geschwindigkeit. Wenn sie über das Boot hinwegrollte, würden sie kentern!

»Wohin sollen wir jetzt rudern?«, rief Cornelius.

»Was weiß ich?«, brüllte Vidocq zurück. »Weg von der Welle!«

»Was bewegt sich da drin?«, rief Lena. »Sind das ...? Aaaah, das sind Monster!«

»Festhalten!«, schrie Fynn.

Er und Cornelius versuchten das Boot herumzudrehen. Wenn sie ruderten wie die Wahnsinnigen, konnten sie der Welle vielleicht seitlich entkommen.

Das Rauschen des Wassers hörte sich an wie eine Waschmaschine. Dazwischen war ein Pfeifen und Keckern zu hören. Als würden tausend wild gewordene Affen heranrasen – oder eine Hundertschaft auf Vernichtung programmierter R2-D2s! Die Gischt spritzte hoch auf.

Lena schrie gegen das Rauschen an: »Die machen uns fertiiiiig! Rudert, ihr zwei!« Sie beugte sich über Bord und versuchte, mit bloßen Händen mitzupaddeln.

»Lena, halt still, sonst kippen wir um!«, keuchte Fynn.

Da sah Franzi, wie sich ein silberner, torpedoförmiger Körper aus der Welle erhob. Er flog durch die Luft. Das Wasser an seinen Flanken glitzerte golden im Sonnenlicht. Dann fiel der Körper wieder zurück und wurde von der Wasserwalze verschluckt. Andere Körper wurden sichtbar, nun deutlicher, weil die Welle näher gekommen war. Schwanzflossen schlugen das Wasser. Erneut sprang eines der Wesen in die Höhe und schien in der Luft zu hängen, funkelnd im Abendlicht, bevor es wieder im Wasser abtauchte.

»Das sind ...«, rief Franzi.

»... riesige Mörderkarpfen!!«, brüllte Vidocq. Jetzt begann auch er mit den Händen zu paddeln. »Wir sind geliefert!«

Cornelius ruderte so heftig, dass das Boot sich erneut zu drehen begann. Er war viel stärker als Fynn. Der Bug steuerte auf die Wasserwalze zu.

»Nein, nein!«, brüllte Vidocq. »Ganz falsche Richtung!«

Fynn hängte sich rein, bis seine Schultern brannten. Das Boot korrigierte seinen Kurs wieder. Die Welle kam immer näher, schäumend, tosend. Die Körper der Wesen, die sie verursachten, waren undeutlich sichtbar, schossen über- und untereinander und peitschten das Wasser auf. Wieder erhob sich ein silbern schimmernder Torpedoleib über dem Gebrodel in die Luft und klatschte schwer zurück.

»Das sind Delfine!«, schrie Franzi. »Hunderte von Delfinen.«

»Paddelt, ihr Narren!«, keuchte Vidocq. »Die fressen uns samt dem Boot!«

»Die tun uns nichts!«

»Waaas?«

»Die sind friedlich!«, schrie Franzi über den Lärm hinweg.

Vidocq hörte nicht auf, mit den Händen zu paddeln. Vorn im Bug tat Lena es ihm nach. »Wissen die das auch?«, schrie Vidocq zurück.

Dann war es ohnehin zu spät, denn die Welle war jetzt direkt über ihnen.

Franzi hatte recht. Es waren tatsächlich Hunderte von Delfinen, die in einer geraden Linie mit aller Kraft aufs offene Meer hinausschwammen. Ihre Leiber kamen an die Wasseroberfläche, sobald sie Luft holten, und wühlten dabei das Meer auf. Ihre Schwanzflossen peitschten das Wasser. Ab und zu sprang ein Tier, als wolle es die anderen überholen. Wie Geschosse schnellten die muskulösen Körper in die Höhe.

Die Mädchen kreischten auf, und auch Cornelius und Fynn schrien vor Schreck. Vidocq saß im Heck und hatte die Arme über den Kopf geschlagen. Um sie herum waren tobende Gischt, spritzendes Salzwasser, das ohrenbetäubende Gekecker, Geschnatter, Geknurre, Klicken und Pfeifen der Delfine. Man konnte kaum atmen.

In Sekundenschnelle waren alle durchnässt. Die Delfine tauchten aus dem Wasser, schnellten nach vorn, tauchten wieder ein und strömten wie ein zweihundert Meter breiter Güterzug links und rechts am Boot vorbei, das bedenklich zu schaukeln begann.

Fynn sah zwei Delfine, die mit vollem Tempo direkt auf das Boot zuschwammen – um im letzten Moment darunter hinwegzutauchen. Franzi sah Körper, von denen das Wasser schäumte, auf Armeslänge an sich vorbeirasen. Lena hatte das Gefühl, jedes einzelne Tier starrte sie an, während es am Boot vorüberhuschte. Cornelius hatte die Augen zusammengekniffen und war sich sicher, dass das der Weltuntergang war.

Und genauso schnell, wie das Toben begonnen hatte, war es wieder vorbei. Die Wasserwalze hatte sich um das Boot herum geteilt. Es schaukelte heftig auf den Wellen, aber keiner der Delfine hatte es auch nur berührt, geschweige denn umgeworfen.

Brausend und schnatternd entfernte sich die Welle vom Boot und raste aufs Meer hinaus.

Ungläubig schauten sich die Freunde an. Auch Cornelius riskierte ein Auge. Vidocq nahm die Arme von seinem Kopf und gaffte. Aus seinen Haaren und von seinem Bart triefte das Wasser.

Fynn und Franzi begannen zu lachen. »Ich sag doch, die tun uns nichts!«, rief Franzi.

»Wir sind nicht mal gekentert!«, sagte Fynn.

»Da kommt noch einer!«, schrie Lena, die den Schreck noch nicht überwunden hatte. Sie deutete zur Küste. Alle sahen den einzelnen Nachzügler heranrasen. Er hielt direkt auf das Boot zu, schien es aber nicht zu sehen. Er hatte es nur extrem eilig, seine Kameraden einzuholen. Sein Körper schien über das Wasser zu hüpfen wie ein Stein, den man mit aller Kraft geschleudert hatte und der immer wieder von der Wasseroberfläche abprallte. Eine Rakete, die jemand auf das Boot abgefeuert hatte, hätte sich nicht schneller nähern können.

»OooooooOOOOMOOONSTERKACKEEE!«, schrie Lena. Sie krallte sich am Bootsrand fest.

Fynn war sich sicher, dass das Boot in seine Einzelteile explodieren würde, wenn der Delfin es rammte.

Doch einen Meter vor dem Boot schnellte das Tier aus dem Wasser und sprang in hohem Bogen in die Luft. Es segelte über das Heck des Bootes und flog direkt über den fassungslos staunenden Vidocq hinweg. Der junge Detektiv folgte dem Flug des

Delfins mit in den Nacken gelegtem Kopf und offenem Mund. Sein Oberkörper lehnte sich immer weiter zurück, während der Delfin über das Boot hinwegflog und auf der anderen Seite wieder auf die Wasseroberfläche hinabstürzte. Das Tier klatschte ins Wasser, tauchte unter und kam mit einem neuen Sprung sofort wieder an die Oberfläche, schon mindestens ein Dutzend Meter vom Boot entfernt.

Und Vidocq begann mit den Armen in der Luft zu rudern, schrie »Uaaaaah«, fiel nach hinten gegen das Dollbord, versuchte sich noch daran festhalten und purzelte ins Wasser.

Das Boot, noch immer wild schaukelnd, kenterte.

16

»*Wir sind nicht mal gekentert*«, ätzte Lena.

Die Mädchen saßen auf dem Kiel des umgedreht im Meer treibenden Bootes. Die Jungs und Vidocq hingen mit den Beinen im Wasser und versuchten es mit Schwimmbewegungen vorwärtszutreiben.

Das Wasser war nicht kalt, aber irgendwann würde es kalt werden. Denn in zwei, drei Stunden würde die Sonne untergehen. Und das rettende Ufer war noch unendlich weit weg.

Cornelius hatte die Riemen aus dem Wasser gefischt, aber sie nützten ihnen nichts, weil sie das Boot nicht umdrehen konnten. Vidocqs Mantel lag klatschnass auf dem Rumpf des Bootes. Seinen Hut hatte er ebenfalls gerettet und trug ihn, vollkommen verbogen und triefend, auf dem Kopf.

»Es war die Schuld des Karpfens, nicht meine«, verteidigte sich Vidocq zum wiederholten Mal.

»Das waren keine Karpfen, das waren Delfine, Sie ... Sie ... Superchecker!«, schrie Lena außer sich. »Und die Viecher waren nicht so blöd, das Boot umzuschmeißen. Nein, dazu brauchte es das besondere Genie von Herrn Ohne-mich-kommt-ihr-nicht-weit-Vidocq!«

»Lena, krieg dich wieder ein«, sagte Fynn.

»Pah!«

»Diese Delfine«, überlegte Cornelius laut, »haben die die Schildkröten gejagt, oder was?« Auch Cornelius war anfangs außer sich vor Schreck und Wut gewesen, als sie alle prustend wieder aufgetaucht waren. Aber er hatte sich wieder gefangen und bewegte jetzt mit kräftigen Schwimmstößen seine Beine. Fynn war froh, dass er Cornelius an seiner Seite hatte. Der junge Vidocq schien sich zwar auch zu bemühen, das Boot voranzutreiben, aber seine vollgesogene Kleidung behinderte ihn. Die kurzen Chitons der Jungs hingegen waren zwar auch nass, hinderten sie aber nicht am Schwimmen und zogen sie auch nicht nach unten.

»Es sah eher aus, als wären sie vor etwas geflüchtet«, sagte Fynn.

»Genauso wie die Schildkröten«, ergänzte Franzi.

»Aber wovor?«

»Vor einem riesigen Meeresungeheuer!«, rief Lena wütend. »Und das kommt in fünf Minuten hier an und frisst uns alle auf, und mit Herrn Vidocq fängt es an! Vielleicht bekommt es von ihm ja so einen schlechten Geschmack im Maul, dass es uns andere verschont!«

»Spätestens wenn es auf dir herumkaut, wird das der Fall sein«, versetzte Vidocq wütend.

Cornelius stöhnte. »Gerade ging's mir wieder halbwegs gut, da musst du von einem Meeresungeheuer anfangen, Lena!«

»Die Vögel sind auch vor etwas geflohen«, sagte Fynn. »Sie und die Schildkröten und die Delfine waren wie der Teufel drauf aus, von der Küste wegzukommen.«

»Du meinst, die Küste, auf die zuzuschwimmen wir uns gerade alle Mühe geben?«, fragte Vidocq.

»Manchmal flüchten Tiere vor einer drohenden Naturkatastrophe«, sagte Franzi.

Cornelius schluckte. »Der Vulkanausbruch«, flüsterte er.

Vidocq sah ihn von der Seite an. »Was für ein Vulkanausbruch?«

»Der Vulkanausbruch, der Atlantis verschlingt. Der Vulkan von Santorin. Er hat die Zivilisation der Atlanter in die Luft gesprengt und was nachher noch übrig war, mit einem Riesentsunami ausradiert.«

»Ich dachte, Atlantis sei im Meer versunken«, sagte Vidocq.

»Eine der Theorien ist, dass Atlantis in Wahrheit die minoische Kultur auf Kreta war.«

»Dann denkst du, dass das da vorn Kreta ist?«

»Die Zeitmaschine war so programmiert, uns auf Kreta abzusetzen.«

»Dann«, sagte Vidocq, »ist irgendwas schiefgegangen. Das Land da vorn kann nämlich nicht Kreta sein.«

»Und wieso nicht?«, mischte sich Lena ärgerlich ein.

»Weil Kreta, soweit ich weiß, immer im Einflussbereich Griechenlands lag. Das Kriegsschiff da drüben, das übrigens direkt auf uns zuhält, ist aber hauptsächlich aus Papyrusbündeln gefertigt, und solche Schiffe bauten nur die alten Ägypter.«

Fassungslos renkten sich die Freunde den Hals aus. Tatsächlich steuerte ein Schiff mit geblähtem Segel und rhythmisch eintauchenden Riemen auf sie zu. Jedes Mal, wenn der Bug sich hob, tauchte ein zugespitzter hölzerner Rammsporn aus dem Wasser. Der Rumpf an Bug und Heck war hochgezogen wie die Enden einer Banane. Auf Plattformen standen Männer mit Pfeil und Bogen und Speeren.

Vidocq bäumte sich aus dem Wasser auf und begann zu winken. »Hier! Hier sind wir!!«

»Sind Sie verrückt? Hören Sie sofort damit auf!«, zischte Lena. »Sonst sehen die uns noch!!«

»Die haben uns schon längst gesehen. Und ich für meinen Teil möchte gern wieder ins Trockene, und sei es nur auf das Deck eines Kriegsschiffes.«

Fynn und Franzi sahen sich an. Sie brauchten ihre Gedanken nicht auszusprechen, um zu wissen, was der andere dachte. Wenn das Kriegsschiff aus Ägypten stammte, dann waren sie tatsächlich nicht auf Kreta. Dann hatte die Zeitmaschine falsch funktioniert, oder Hanselmann hatte bei der Programmierung Mist gebaut.

Aber wo waren sie dann?

Und – in welchem Jahr?

17

Bernadette Jaeckel strich wieder und wieder über die zurückgelassenen Kleider der Kinder. Ab und zu fiel ihr Blick auf die summende, schimmernde Zeitmaschine.

»Ich schwöre Ihnen, das ist die Wahrheit«, sagte Hanselmann. Er hatte Cornelius' Oma alles erzählt. Sie hatte ihm keine Wahl gelassen. Bernadette hatte bereits das Handy gezückt, um die Polizei anrufen.

»Das ist der größte Quatsch, den ich je gehört habe«, entgegnete sie ihm.

»Googeln Sie Eugène Vidocq, dann werden Sie es ja selbst sehen. Und was die Kinder betrifft – glauben Sie etwa, ich hätte Ihnen die Kleider gezeigt, wenn die vier sie nicht freiwillig hiergelassen hätten und wenn irgendwas Böses hinter der ganzen Sache steckte?«

»Hm!«

»Sie können gern die Polizei rufen. Ich halte Sie nicht auf. Aber dann werden die die Halle absperren, die Zeitmaschine beschlagnahmen und mich hinter Schloss und Riegel sperren, und dann haben wir überhaupt keine Chance mehr, die Kinder zu retten.«

»Wir?«

»Ich dachte, wenn Sie schon mal hier sind, könnten Sie mir ja auch helfen.«

»Was kann ich denn tun?«, rief Bernadette. »Es ist schließlich Ihre ... Apparatur!«

»Es ist nicht *meine*, sondern die meines Vorfahren und die von Eugène Vidocq.«

»Reden Sie sich nicht raus«, sagte Bernadette. »Das Ding steht bei Ihnen in der Halle, und Sie haben keine Ahnung, wie man damit umgeht. Typisch! Geben Sie die Bedienungsanleitung schon her!«

»Sie ist auf Französisch ...«

»Und?«

»Entschuldigung. Ich dachte, Sie können vielleicht kein Französisch.«

»Kann ich auch nicht. Sie übersetzen mir einfach. Los, los!«

18

Die Schiffsbesatzung trug leichte Gewänder in einer Form, die den Chitons der Kinder recht ähnlich sah. Die Soldaten auf den erhöhten Plattformen hatten zusätzlich noch eine Art Panzerjacke am Oberkörper – aus Metallplättchen, die auf Leder genäht waren. Sie waren so einfach verschnürt wie Schwimmwesten. Wer damit ins Wasser fiel, konnte sich ohne Hektik befreien und wurde von den schweren Teilen nicht nach unten gezogen. Die Westen waren nicht einheitlich. Anscheinend war jeder selbst dafür verantwortlich, wie gut er sich schützte.

Die Haare der Männer hatten alle Schattierungen von Schwarz bis Hellbraun, fast jeder trug einen kurz geschnittenen Bart, und sie hatten den Lidstrich mit dicken schwarzen Strichen nachgezogen.

»Geschminkte Männer!«, murmelte Lena.

Doch auch sie musste zugeben, dass die Schminke nicht weibisch wirkte. Die Schiffsbesatzung sah hart, entschlossen und kampfbereit aus. Und dennoch ... eine Art Nervosität lag über dem Schiff. Die Soldaten fummelten an ihren Waffen herum, die Ruderer trommelten mit den Fingern auf ihren Riemen, die Seeleute flochten mit geistesabwesenden Bewegungen an den Tauen.

Vidocq war der Letzte, dem mithilfe eines ins Wasser gehaltenen Tauendes an Bord geholfen wurde. Die vier Freunde standen auf einer Art Plattform, die sich die gesamte Länge des Schiffs hinzog und aus Holz war. Auch der Mast war aus Holz, genauso wie die Riemen und ein paar Versteifungselemente. Fynn vermutete, dass der Kiel und die wichtigsten Spanten des Schiffs ebenfalls aus Holz bestanden. Der Rest des Schiffskörpers war dicht an dicht geschnürtes und mit duftendem Harz wasserdicht gemachtes Papyrus.

Während die Kinder nur neugierig betrachtet worden waren, löste Vidocqs Erscheinung mehr Unruhe aus. Finger zeigten auf ihn. Vidocq zupfte an seinen triefenden Klamotten herum und tat so, als würde er es nicht merken.

»Nächstes Mal nehmen wir für Vidocq Kleidung mit, die auch in die Epoche passt«, raunte Franzi Fynn zu.

»Mit ihm würden wir so oder so auffallen«, seufzte Fynn.

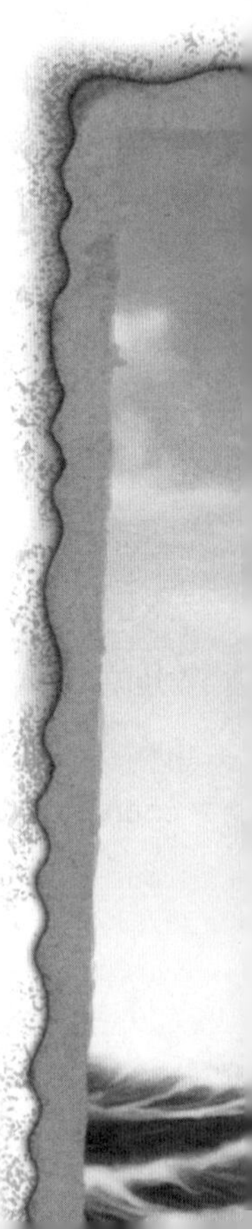

Da beugte sich Cornelius näher zu ihnen heran und flüsterte: »Die sehen aus wie eine Mischung aus Ägyptern, Griechen, Römern und Phöniziern.«

»Was sind denn Phönizier?«

»Ein antikes Volk aus Seefahrern. Sie lebten da, wo heute Syrien liegt.«

»Wie kriegst du all das Wissen bloß in deinem Kopf unter?«, fragte Fynn und lächelte.

Ein älterer Mann kaum auf sie zu und musterte sie schweigend. Die Ruderer schienen einen Befehl erhalten zu haben, denn sie tauchten ihre Riemen ins Wasser. Das Schiff nahm wieder Fahrt auf. Ihr umgekipptes Boot blieb zurück. Franzi hoffte, dass die drei Goldstücke, die sie für die Fischer hinterlegt hatten, nicht nur die Leihgebühr, sondern auch den Verlust des Bootes wieder wettmachten.

Lena versuchte, dem Blick des älteren Mannes standzuhalten, musste aber schließlich die Augen senken. Sie fand es verwirrend, so intensiv von einem Mann angestarrt zu werden, der Kajal um seine Augen trug.

»Ich bin Hiram, der Schiffsführer der Salaminia«, sagte der Mann schließlich. Mit dem Daumen deutete er über die Schulter zu einer Art Führerstand auf der erhöhten Heckplattform des

Schiffs. Von dort konnten die Steuerruder links und rechts des Rumpfes mit zwei langen, polierten Holzgriffen bedient werden. Ein Matrose stand jetzt dort und lenkte das Schiff.

Fynn verstand, dass Hiram mit »Schiffsführer« so viel wie »Steuermann« meinte. Dann wies Hiram auf eine Konstruktion hinter dem Platz des Steuermanns, die an eine Art Thron erinnerte. Jemand kniete mit einem Tuch über dem Kopf daneben und wedelte Rauch aus einer kleinen Feuerschale in die Höhe.

»Im Auftrag meines Schiffsherrn Azimilkos frage ich euch, woher ihr kommt und wer für eure Rettung bezahlt.«

»Bezahlt?«, fragte Lena. »Seit wann bezahlt man dafür, wenn man gerettet wird?«

Fynn hielt die Luft an. Lena immer mit ihrem vorlauten Mundwerk! Er kannte sich in Geschichte nicht besonders gut aus, aber er glaubte, sich erinnern zu können, dass in den meisten antiken Kulturen die Frauen und Mädchen erst dann reden durften, wenn man sie direkt ansprach. Aber hier schien das anders zu sein, denn Hiram zuckte nur mit den Schultern und fragte zurück: »Seit wann bezahlt man nicht? Wo habt ihr denn bisher gelebt? In einem Ölkrug?«

»Wir ... äh ... unsere Väter sind Fischer«, beeilte Fynn sich zu sagen. »Wir ... wir haben sie begleitet und wollten ihnen helfen. Aber wir sind gekentert.« Er wies aufs Meer hinaus in die Richtung, wo sie vor dem Ablegen von der Insel ganz in der Ferne das andere Boot gesehen hatten. »Danke, dass ihr uns aufgenommen habt.«

»Mein Schiffsherr wollte an euch vorbeifahren, aber dann fiel ihm ein, dass eure Rettung vielleicht von Poseidon als gute Tat verstanden werden könnte.« Hirams Miene verriet, dass er seinen Kapitän für einen ziemlichen Trottel hielt.

»Was macht er da?«, fragte Lena. Der Kapitän interessierte sich nicht für sie, sondern wedelte weiterhin Rauch in die Luft.

»Er verbrennt teure Essenzen als Opfergabe an Poseidon, den Gott des Meeres.«

»Wozu?«

Hiram wirkte sichtlich erstaunt. »Um ihn gnädig zu stimmen, was sonst? Habt ihr die Unglücksboten nicht gesehen?«

Bevor Lena fragen konnte: *Was für Unglücksboten, Alter?*, warf Franzi rasch ein: »Die Vögel, die Schildkröten und die Delfine?«

Hiram nickte ernst.

Fynn stieß währenddessen Vidocq in die Seite. »Können Sie was verstehen?«

Schon bei ihrem Abenteuer in Schottland war den Freunden aufgefallen, dass die Zeitmaschine es ihnen zwar ermöglichte, die Sprachen der Menschen am Zielort zu verstehen, es aber bei Vidocq nicht tat.

Zu Fynns Überraschung erwiderte Vidocq: »Ein bisschen. Die Sprache hört sich entfernt nach Altgriechisch an. Mein Vater hat mir eine anständige Schulbildung vermittelt, bevor ich mich … äh … selbstständig machte …«

»Dann haben Sie mitgekriegt, dass wir für unsere Rettung bezahlen sollen?«

»Das muss mir entgangen sein«, brummte Vidocq.

Der vorletzte von Vidocqs geklauten Louis d'or wechselte seinen Besitzer. Hiram betrachtete die Münze argwöhnisch, ließ sie auf dem Holzdeck tanzen und lauschte dem metallischen Klang, dann nickte er schließlich zustimmend.

»Wie schön, er nimmt sie gnädig an«, knurrte Vidocq sarkastisch. »In meiner Zeit muss man dafür ein paar Monate schuften, du Barbar!«

Aus der Art und Weise, wie Hiram den zukünftigen Detektiv verständnislos musterte, schloss Fynn, dass Vidocq Französisch gesprochen hatte. Dank der Zeitmaschine hörte sich für die Freunde jede Sprache wie Deutsch an.

»Sie haben sie innerhalb von ein paar Sekunden geklaut, also geben Sie nicht so an«, sagte Franzi, aber sie grinste dabei.

Vidocq grinste zurück. »Um das zu können, musste ich monatelang üben.«

Hiram deutete auf Vidocq und sagte zu Fynn: »Wo kommt er her? Er redet fremdländisch und kleidet sich wie ein Idiot.«

»Was sagt er?«, fragte Vidocq.

»Was sagt er?«, fragte Hiram.

»Mensch, Alter, geht das jetzt immer so?«, stöhnte Lena.

»Er kommt aus Frankr... aus Gallien«, erklärte Fynn.

Und Franzi setzte hinzu: »Er will bei unserem Vater das Fischereihandwerk lernen.«

»Gallien?«, erkundigte sich Hiram. »Nie gehört. Wo ist das?«

Fynn war einen Moment ratlos. Er hatte gedacht, dass zu Hirams Zeit der Name Gallien ein Begriff sein müsste. Zu spät fiel ihm ein, dass die Asterix-Comics, aus denen er den Namen kannte, viele Jahrhunderte später spielten. Aber Hiram gab sich glücklicherweise zufrieden, als Cornelius einsprang und »oben im Norden« sagte. Er erklärte den Kindern, dass die Salaminia sie im Hafen absetzen würde, und zog mit der Münze ab, um sie seinem Kapitän zu zeigen.

»Also, was ist hier los?«, fragte Fynn und wandte sich an Franzi. »Ich hab nicht alles gehört, was du mit ihm geredet hast.«

»Die haben hier alle Angst«, sagte Franzi. »Große Angst. Sie wissen nur nicht, wovor. Das mit den Vögeln und den anderen Tieren geht schon seit ein paar Tagen so. Angeblich sind selbst die Tiere in den Ställen unruhig – Schafe, Ziegen, Schweine. Herden, die draußen sind, rennen ziellos auf und davon. Alle glauben, dass sich ein Unglück ankündigt, sie sind sich nur nicht einig, was für eins. Die Salaminia und viele andere Kriegsschiffe sind dauernd auf Patrouillenfahrt. Wir haben Glück gehabt, dass sie gerade auf dem Weg in den Hafen ist.«

»Der Vulkanausbruch, ganz bestimmt«, orakelte Cornelius. »Die blöde Zeitmaschine hat uns kurz vor der Katastrophe abgesetzt! Mist!«

Franzi schüttelte den Kopf. »Hiram meint, das schlimmste Unglückszeichen wäre das da und was auch passieren wird, es käme aus dem Himmel, weil die Götter zornig sind.« Sie deutete auf den verwaschenen weißen Fleck im immer blauer werdenden Frühabendhimmel.

»Die Wolke?«, rief Lena. »Das kleine Ding? Wovor haben sie Angst? Dass es fünf Minuten lang regnet?«

Cornelius kniff die Augen zusammen. »Ist schon komisch, dass sie immer noch da ist. Und wenn ihr mich fragt, auch immer noch am selben Fleck. Das ist ganz untypisch für eine Wolke.«

Vidocq öffnete den Mund und schloss ihn wieder. Er schüttelte den Kopf.

»Was?«, fragte Fynn.

»Nichts. Oder besser gesagt: Ich bin mir nicht sicher. Wartet ab, bis es Nacht wird. Dann werden wir wissen, was das Ding ist.«

»Die Wolke kann in der Nacht unmöglich noch da sein«, sagte Cornelius.

»Wartet's ab.« Mehr war nicht aus ihm herauszubringen. Er setzte sich auf das Deck, zog seine Stiefel, seine Socken, seine Jacke und seine Weste aus und legte alles zum Trocknen auf das warme Holz. Dann lehnte er sich, nur mit Hemd und Hose bekleidet, an den Mast, zog seinen schlapp gewordenen Hut über das Gesicht und schloss die Augen.

»Pennt der jetzt, oder was?«, ätzte Lena.

Vidocq öffnete ein Auge. »Ich verhalte mich nur still und rede nicht. Manche hier könnten sich daran ein Beispiel nehmen.«

»Hat Hiram auch gesagt, wie das Land dort heißt?«, fragte Fynn seine Schwester.

Franzi zuckte mit den Schultern. »Ich konnte ihn ja schlecht fragen, wie es heißt, nachdem wir kurz vorher gesagt haben, dass wir von dort kommen.«

»Mist«, stieß Fynn hervor. »Wir wissen also immer noch nicht, wo und in welchem Jahr wir gelandet sind.«

»Wir wissen nur«, fügte Cornelius düster hinzu, »dass demnächst eine Katastrophe geschehen wird.«

Atlantis

19

Die Salaminia legte an einem leeren Platz in einer Reihe anderer, ähnlich gebauter Schiffe an. Auf allen schien die volle Besatzung zu sein, auch wenn sie nicht ausliefen. Alles sah nach Alarm und Kampfbereitschaft aus.

Hiram verabschiedete die Freunde. Sein Kapitän kniete noch immer neben seinem Thronsessel und opferte den Göttern.

Sie wanderten zielstrebig die Gasse hinauf, die vom Hafen zum zentralen Platz führte. Sicher beobachtete Hiram sie noch eine Weile. Sie hatten sich als Bewohner dieses Ortes ausgegeben, daher konnten sie jetzt nicht einfach unschlüssig herumstehen. Außerdem war es am wahrscheinlichsten, dass sie auf dem Marktplatz etwas erfuhren. Je eher sie herausfanden, wo sie waren, desto eher konnten sie auch wieder zur Zeitmaschine und damit in die Gegenwart zurückkehren.

Zwischen den Häusern herrschte großer Trubel. Auf den ersten Blick schien alles völlig normal. Fynn hatte zwar keine Ahnung, wie es in einem antiken Hafen normalerweise zuging, aber er hatte es sich nicht viel anders vorgestellt: Menschen aller Hautfarben und mit allen möglichen Gewändern, von bunt und fantastisch bis schlicht und zerlumpt, bevölkerten die Gassen. Sie sahen

Gesichter, die zu Menschen aus dem Nahen Osten zu gehören schienen, und andere, die wirkten wie die von Mayas oder Azteken. Chitons, so wie die Freunde sie trugen, waren nicht in großer Anzahl vertreten, aber sie fielen damit auch nicht weiter auf. Vidocq hingegen stach mit seiner langen Jacke, der Kniehose und den langen Stiefeln selbst in dieser Kleidervielfalt heraus. Er zog viele Blicke auf sich und auch ein paar neugierig zeigende Finger.

Der Lärm von Handwerkern war zu hören, das Blöken von Tieren, das Rattern von Karrenrädern auf den gepflasterten Gassenkreuzungen, Rufe, Geschimpfe, Türenknallen.

Was jedoch nicht zu hören war, war Lachen. Über allem hing eine Aura von Beklommenheit und Hektik. Da und dort kamen sie an verrammelten Häusern vorbei, die von ihren Bewohnern anscheinend verlassen worden waren. An anderen Stellen nagelten schwitzende Männer Planken über Fenster- und Türöffnungen. Soldaten in Rüstungen, die denen der Männer auf der Salaminia ähnelten, aber schwerer schienen, standen an den Straßenecken und beobachteten das Treiben.

Immer wieder sah man Menschen, die vor Götzenstatuen knieten, manche still, manche murmelnd, manche wiegten sich wie in Trance hin und her. Einige der Bildnisse zeigten einen Stier, andere Fische oder ein Pferd. Am häufigsten war ein in Stein gemeißelter Dreizack zu sehen.

»Das sind die Symbole von Poseidon, dem Gott des Meeres«, erklärte Cornelius und klang zur Abwechslung weniger ängstlich als aufgeregt. »Poseidon gilt als der Hauptgott von Atlantis.«

Auf dem Marktplatz konzentrierte sich die Aufmerksamkeit der meisten Menschen auf die große Säulenhalle, aber es gab auch Gruppen, die sich davon abgewandt hatten. Als sie an einer von ihnen vorbeikamen, sahen sie einen Mann, der sich trotz der Hitze in Schafsfelle gewickelt hatte und einen langärmligen Chiton trug. Sein Gesicht war mit bunten Farbstreifen bemalt, die er offensichtlich mit den Fingern aufgetragen hatte. Die Farbe zerlief, weil er schwitzte. Um ihn herum scharten sich viele Menschen, hielten aber gleichzeitig Abstand, denn der Mann roch. Besser gesagt, er stank wie ein Mülleimer, den man vierzehn Tage lang in der Sonne vergessen hat.

»Fragt nicht die Priester, fragt Gott Poseidon selbst«, röhrte der Mann. Er konnte seine Beine nicht stillhalten, sondern tanzte mit kleinen Schritten und Hüpfern auf der Stelle. Eine Hand steckte unter den Schafsfellen auf seinem Oberkörper. In der anderen schlenkerte er einen kleinen Fisch, den er zwischen Daumen und Zeigefinger hielt und der so alt aussah, dass er mindestens zur Hälfte für den Gestank verantwortlich sein musste. »Fragt Gott Poseidon nach eurem Schicksal. Fragt ihn direkt – nur hier bei mir, bei Despsarikos dem Erleuchteten.«

Vidocq blieb stehen. Ein geradezu seliges Grinsen legte sich auf sein Gesicht.

»Seht euch den an«, sagte er. »Gleich spricht er mit dem Fisch, und der spricht mit dem Gott Poseidon.«

»So ein Quatsch«, zischte Lena. »Wer fällt denn auf so was rein?«

Despsarikos hüpfte und tanzte und drehte sich um sich selbst. »Fragt Gott Poseidon«, rief er. Der Fisch verlor ein paar Schuppen, als er ihn hin und her schwenkte. »Despsarikos der Erleuchtete kann euch seine Antworten weitergeben.«

Eine Frau rief plötzlich: »Wird meine Familie verschont werden vom Zorn der Götter?« Sie hielt eine Münze in die Höhe.

»Es gibt immer einen, der drauf reinfällt«, sagte Vidocq.

Despsarikos hörte mit dem Gehüpfe auf. Er legte sich den Fisch auf die Handfläche und streckte den Arm aus, sodass jeder ihn sehen konnte. Er schloss die Augen.

»O mächtiger Poseidon, antworte uns durch den Fisch, der dein Lieblingstier ist. Lass ihn hüpfen vor Freude, wenn dem, der fragt, Glück beschieden ist. Lass ihn still liegen vor Trauer, wenn ihn das Schicksal strafen will. O mächtiger Poseidon, gib uns ein Zeichen!«

»Er redet doch auch nicht mit Poseidon direkt, sondern durch den Fisch. Das ist nichts anderes als das, was die Priester mit den Opfertieren machen«, meinte Cornelius.

»Es kommt nicht drauf an, was man tut, sondern wie es das Publikum auffasst«, erklärte Vidocq. »Seht hin!«

Der Fisch, der so tot aussah, wie ein toter Fisch nur aussehen kann, zuckte plötzlich. Das Publikum keuchte. Die Frau, die die Frage gestellt hatte, schrie auf. Cornelius, der Vidocq gerade antworten wollte, verschluckte sich. Wie war das möglich? Plötzlich fühlte er eine Art abergläubische Ehrfurcht. War dies eine Zeit, in der es tatsächlich Götter gab, die durch einen toten und gammeligen Fisch sprechen konnten? Unwillkürlich sah er nach oben. In diesem Moment hätte er sich nicht gewundert, wenn er Poseidon mit seinem Dreizack am Himmel hätte schweben sehen.

Der Fisch zuckte weiter. Es sah aus, als wolle er von Despsarikos' Hand hüpfen. Dann beruhigte er sich und lag wieder still.

»O mächtiger Poseidon, ich danke dir für dein Zeichen!«, rief Despsarikos verzückt.

»Und was bedeutet das Zeichen?«, fragte die Frau.

»Du hast gesehen, dass der Fisch sich bewegt hat, aber er ist nicht gehüpft. Das heißt, dass sowohl Freude und Glück als auch Ärger dich erwarten. Ärger – und Freude! Und GLÜCK! Danke, Poseidon, dass du dieser frommen Frau Glück senden wirst!«

Die Frau strahlte. Weitere Münzen wurden in die Höhe gehalten. Die Zuschauer riefen: »Ich! Ich bin dran! Nimm mich!«

Vidocq wandte sich ab und ging grinsend weiter. Die Freunde folgten ihm.

»Die Vorhersage war totaler Schwachsinn«, sagte Lena. »Freude und Ärger. Das hat man jeden Tag.«

»Natürlich war sie das. Es war ja auch keine echte Vorhersage. Poseidon hat nicht gesprochen. Die einzige Zukunft, die dieser Fisch vorhersagt, ist, dass man Bauchweh bekommt, wenn man ihn isst.«

»Warum überschlagen sich dann alle, ihre eigene Vorhersage zu bekommen?«

»Habt ihr nicht gehört, wie er das Glück am Ende betont hat? Jeder will Glück haben. Und wenn es doch Ärger gibt, kann der

Kerl mit dem Fisch immer sagen, er habe nicht gelogen, denn er habe das mit dem Ärger ja auch gesagt. Aber die Menschen merken sich nur das, was man am Ende und mit der richtigen Betonung sagt.«

»Der Kerl ist ein Betrüger!«, sagte Cornelius.

»Nein, er ist ein Genie«, widersprach Vidocq.

»Wie hat er das gemacht mit dem Fisch?«, fragte Franzi.

»Der Fisch hat einen winzigen Haken im Maul. Der hängt an

einem möglichst dünnen Faden. Der Faden verläuft in seinem rechten Ärmel bis zu seiner Brust, ohne dass man ihn sieht. Dort hält er ihn mit der linken Hand fest und zupft daran, bis sich der Fisch bewegt. Deshalb wechselt er den Fisch auch nie in die andere Hand. Weil sonst der Trick nicht mehr funktioniert.«

»Das gibt's doch nicht!«, sagte Lena aufgebracht. »Und die Leute fallen drauf rein.«

»Die Leute fallen immer rein, wenn man sie an ihrer schwachen Stelle erwischt.«

»Seht mal«, sagte Cornelius. Er hatte sich umgedreht. Despsarikos hatte wieder mit der Anrufung Poseidons begonnen. Aber nun hatte er beide Hände gen Himmel gehoben – in der rechten hielt er den Fisch, die linke war leer. Noch während sie hinsahen, wechselte er den Fisch von der rechten in die linke Hand, zeigte sie den Zuschauern und bat Poseidon um eine Antwort. Seine rechte Hand zeigte immer noch in den Himmel. Der tote Fisch zuckte und wand sich. Vidocq sah mit offenem Mund zu.

»Der Bursche ist wirklich gut«, sagte er. Er klang auf einmal zweifelnd.

»Seien Sie bloß nicht so vorlaut, sonst trifft Sie noch Poseidons Donnerkeil«, lästerte Lena, doch auch sie klang unsicher.

Cornelius schluckte erneut und erinnerte sich, was er vorhin gedacht hatte – dass in dieser Zeit echte Orakel vielleicht wirklich möglich waren.

»Lasst uns weitergehen«, meinte Franzi. »Ich möchte wissen, was da vorn bei der Säulenhalle los ist.«

Eine breite Treppe führte hinauf zu der Halle, die auf einem erhöhten Sockel stand. Sie war von Soldaten abgeriegelt. Der Treppenabsatz am oberen Ende war breit und tief, wie eine Terrasse.

Ein großes Feuer brannte dort, flackernd und prasselnd. Alte Männer in bunten, wallenden Gewändern machten sich an einem großen Block aus schwarzem Stein zu schaffen, der wie ein riesiger Tisch in der Mitte der Terrasse stand. Oder mehr wie ein Altar, fand Lena, die plötzlich fühlte, wie sich ihr Magen umdrehte. Sie hatte gesehen, dass die glänzende Nässe, die über die Flanken des Altars rann und in einer Rinne an seiner Basis verschwand, Blut war. Die alten Männer hoben tropfende Klumpen hoch und

warfen sie mit großer Geste ins Feuer. Die geschwungenen Hörner eines Stiers ragten an einer Ecke der Altarplatte in die Höhe.

»Die haben einen Stier geschlachtet und opfern das Fleisch«, stieß Lena hervor. »Diese Schweine!«

»Du kannst das nicht mit unseren Maßstäben messen«, sagte Fynn.

»Aber ich kann es trotzdem eklig finden. Monstereklig!«

»Isst du vielleicht kein Fleisch?«, fragte Vidocq herablassend.

»Nein, tu ich nicht!«, zischte Lena hitzig.

»Jetzt versteh ich so manches«, meinte Vidocq und rollte mit den Augen.

»Was soll das heißen, Alter!? Bin ich krass, nur weil ich nicht mag, dass meinetwegen Tiere getötet werden?«

Cornelius keuchte plötzlich. »Ich werd verrückt. Schaut doch! Der Tempel!« Er deutete auf die Säulenhalle. Im Schatten zwischen den Säulen und unter dem massiven Dach erhob sich eine dreieckige, stufige Form. »Eine Pyramide!«, sagte Cornelius. »Oh Mann! Wenn das hier eine griechische Zivilisation ist, dürften sie eigentlich keine Pyramiden haben!«

»Und wenn es Atlantis ist«, sagte Fynn, »könnten sie von allen antiken Zivilisationen etwas haben …«

»Richtig!« Cornelius glühte. »Aber es ist anders herum. Die antiken Zivilisationen haben Dinge von den Atlantern übernommen. Die waren nämlich zuerst da.«

»Die Pyramide sieht aber ganz anders aus als die in Ägypten«, meinte Franzi.

»Stimmt, die hier wirkt südamerikanisch. Wahnsinn!« Cornelius war so aufgeregt, dass die anderen schon Angst hatten, er würde jeden Moment losrennen und in den Tempel stürmen.

»Das ist noch immer kein Beweis«, warnte Franzi.

»Hört mal ...«, begann Vidocq plötzlich ungewöhnlich ernst.

»Was?«, schnappte Lena, die ihren Frust wegen des geopferten Stiers immer noch an Vidocq ausließ.

Bevor er antworten konnte, ertönte vom Altar lautes Rufen. Die Freunde fuhren herum. Einer der alten Männer war auf den Altartisch geklettert. Er hatte beide Arme erhoben. In der einen Hand hielt er ein Messer, von dem es rot an seinem Unterarm heruntertröpfelte. Mit der anderen Hand deutete er in den Himmel. Er rief etwas, was über die Distanz und die aufgeregt murmelnde Menschenmenge nicht zu verstehen war. Aber es war klar, worauf er deutete – die Himmelserscheinung, die vage wie eine Wolke aussah.

Die Menschenmenge stöhnte und hob ebenfalls die Arme. Es sah aus, als wollten sie alle etwas abwehren, was sich vom Himmel näherte.

Cornelius begann zu ahnen, was die Wolke wirklich war, als er Vidocq plötzlich sagen hörte: ».... ihr habt es vielleicht noch nicht gemerkt, aber wir ziehen die Aufmerksamkeit auf uns.«

Bei einer Gruppe von Soldaten stand ein älterer Mann und deutete auf sie. Er redete mit Händen und Füßen auf die Soldaten ein. Diese sahen mit misstrauisch zusammengekniffenen Augen und grimmigen Mienen zu ihnen herüber.

»Solche Gesichter kenne ich nur zu gut«, brummte Vidocq. »Es wird Zeit, dass wir verschwinden. Aber ganz unauffällig.«

20

Vidocq besaß ein großes Talent dafür, in einer Menschenmenge zu verschwinden, dachte Lena. Aber das war ja auch kein Wunder – der größte Detektiv der Welt wurde er schließlich erst später. Der junge Vidocq, der die Missionen mit ihnen teilte, war vor allem eins: ein Schwindler und Verbrecher und mit Sicherheit geübt darin, vor der Polizei abzutauchen.

Er schlüpfte aus seinem Gehrock und seiner Weste und legte beides über den Arm. Auffällig war er damit allerdings immer noch, denn er war weiterhin der Einzige weit und breit mit Hosen und Stiefeln. Und dass er jetzt sein Hemd herauszerrte und es frei herunterhängen ließ, machte es auch nicht viel besser. Vielleicht hätte er den Hut abnehmen sollen.

Doch auch wenn seine Tarnung nicht die gelungenste war, führte Vidocq die vier Freunde unbeschadet in eine Seitengasse und drückte sich mit ihnen an eine Hauswand. Sekunden später liefen die Soldaten an der Gassenmündung vorbei, angeführt von dem älteren Mann.

Sie entdeckten sie nicht.

»Mann!«, sagte Fynn und stieß die Luft aus, die er vor lauter

Anspannung angehalten hatte. »Was soll das denn jetzt? Wir haben doch keinem was getan.«

Lena nahm Vidocqs Hutkrempe zwischen zwei Finger und zog ihm den Hut über die Augen. »Er hier ist schuld«, sagte sie. »Mit ihm würden wir sogar im Dunkeln in einem Tunnel auffallen.«

Vidocq schüttelte den Kopf. »Das war nicht das übliche Hey-da-ist-einer-der-sieht-ganz-anders-aus-als-wir-alle. Der Typ wollte uns gezielt die Soldaten auf den Hals hetzen. Glaubt mir, ich kenne dieses Verhalten. Der hatte es auf uns abgesehen.«

»Aber warum?«, rief Fynn. »Wir sind doch gerade erst angekommen. Und auf dem Schiff war er auch nicht.«

»Nein«, sagte Vidocq nachdenklich. »Auf dem Schiff nicht. Aber jetzt, wo du es sagst, bilde ich mir ein, dass ich seine Visage schon mal im Hafen gesehen habe.«

»Und was soll das bedeuten?«, fragte Franzi. »Meinen Sie, er ist uns gefolgt?«

»Keine Ahnung. Los, lasst uns ans andere Ende der Gasse gehen und in einem Bogen zum Marktplatz zurückkehren. Das ist der einzig sinnvolle Ort.«

»Um herauszufinden, ob das hier wirklich Atlantis ist«, sagte Cornelius begeistert. »Toll, dass Sie uns diesmal helfen wollen.«

Vidocq sah ihn mit großen Augen an. »Der Marktplatz ist der einzig sinnvolle Ort, um die letzte Goldmünze in einem guten Essen und einem Krug Wein anzulegen!«, sagte er. »Um euer Atlantis könnt ihr euch selbst kümmern. Mir reicht es völlig, wenn mich das in zweihundert Jahren wieder interessiert.«

»Ich möchte bloß mal wissen, wieso wir Sie immer mitschleppen müssen, wenn Sie keinen Finger rühren!«, knurrte Lena.

»Ich hab euch vor den Soldaten gerettet, oder nicht? Und ich lade euch auch zum Essen ein, wenn ihr wollt.« Vidocq grinste. »Wenn ihr euch zusammen was Kleines teilt, reicht das Geld für ein richtig schönes Menü für mich.«

»Ich stopf Ihnen Ihr Menü samt Ihrem Gold gleich in den ...«, begann Lena, außer sich vor Wut.

»Wir sind nicht hungrig«, unterbrach Fynn sie. »Aber wenn Sie sich jetzt absetzen, kümmern wir uns auch nicht um Sie, wenn wir das Rätsel gelöst haben und zurückkehren.«

»Vielleicht will ich ja gar nicht mehr zurück? Hier ist es schön und warm, und die Leute sehen nett aus ...«

»... und innerhalb einer Nacht und einem Tag fliegt alles in die Luft«, erinnerte Cornelius ihn.

»Na ja, wenn das erst in fünfhundert Jahren passiert, kann es mir ja egal sein.«

»Und wenn es schon morgen passiert?«

»Dann könnt ihr mich ja vorwarnen, Schlaumeier.« Vidocq grinste noch breiter. »Los, kommt, ich führ euch zurück zum Marktplatz. Passt genau auf, was ich mache, dann lernt ihr, wie ihr den Soldaten auch in Zukunft ausweichen könnt.«

Vidocq sah sich prüfend nach allen Seiten um, gab den anderen ein Zeichen und führte sie um die nächste Gassenecke.

Den Soldaten und dem älteren Mann direkt in die Arme.

21

»Unglaublich, dass die Spitzbuben immer auf denselben Trick reinfallen«, sagte der Wachführer. »An der Gasse vorbeilaufen, in der sie sich mehr schlecht als recht versteckt haben, ganz so als sei man blind und blöd, und dann am anderen Ende der Gasse warten, bis sie einem freiwillig ins Netz gehen.«

Er grinste. Zwei seiner Männer hielten Vidocq fest, die anderen hatten einen Ring um die Freunde gebildet.

»Was sagt er?«, fragte Vidocq. »Ich hab nur was von ›blöd‹ verstanden.«

»Da war von Ihnen die Rede«, knurrte Lena.

Fynn achtete nicht auf sie. Sein Herz klopfte immer noch heftig vor Schreck, dass die Soldaten sie gefangen hatten, und er beobachtete den älteren Mann, der die Männer auf sie aufmerksam gemacht hatte. Etwas an ihm war seltsam. Mit fiebrigem Blick starrte er Vidocq an, ganz so, als würde er ihn kennen. Lena hatte schon recht gehabt – Vidocq war der Grund gewesen, weshalb man sie geschnappt hatte. Aber woher konnte der Mann den jungen Franzosen kennen?

Vidocq hingegen schien den Mann nie gesehen zu haben. Er streifte dessen Gesicht mit einem gleichgültigen Blick und beschäftigte sich dann damit, die Soldaten charmant anzugrinsen. Einer der Soldaten lächelte sogar unwillkürlich zurück, bis ihm klar wurde, was er da tat, und er Vidocq grimmig anknurrte.

Der unbekannte ältere Mann nahm den Wachführer beiseite und flüsterte ihm etwas ins Ohr. Der Wachführer nickte. »Ich sehe, was du meinst, Bürger. Keine Sorge, das werde ich herausfinden.« Er klang leicht genervt, wie ein Profi, der von einem Laien gesagt bekommt, wie er seinen Job zu erledigen hat.

Der Unbekannte flüsterte erneut. Der Wachführer sah überrascht aus. »Was für ein Ding?«, stieß er hervor. »Wo soll das hin- und herreisen?«

Weiteres Geflüster. Der Wachführer rückte von dem Unbekannten ab und musterte ihn von oben bis unten. »Hast du zu viel getrunken, Bürger? Oder hat dir deine Frau heute Morgen den Kochkessel auf den Kopf gehauen?«

»Es gibt solche Dinge!«, rief der Unbekannte. Er klang fast flehend. »Wie kann man nicht an sie glauben, wenn man an Götter glaubt, die Donnerkeile vom Himmel werfen?«

Cornelius horchte auf. Das war eine seltsame Aussage für einen Menschen, der in dieser Zeit aufgewachsen war. Und was meinte er überhaupt damit?

Der Unbekannte wandte sich ab, drehte sich noch einmal um, schenkte Vidocq einen wütenden Blick und stapfte davon. Fynn und Franzi sahen sich an. Auch Franzi war aufgefallen, wie der Unbekannte den jungen Franzosen gemustert hatte.

Der Wachführer hatte Vidocq mittlerweile die Kleider abgenommen, die dieser über dem Arm getragen hatte, und sich genauer angesehen. Er tat sogar so, als würde er sich den Mantel um die Schultern legen. Seine Männer lachten.

»Wo kommst du her, Mann mit dem merkwürdigen Kleidergeschmack?«, fragte der Wachführer.

»Er kann dich nicht verstehen. Er kommt aus einem fremden Land«, erklärte Fynn, als Vidocq keine Antwort gab.

»Und wo liegt dieses fremde Land?«

»Hoch im Norden.«

»Mhm. Was sucht er dann hier?«

Fynn beschloss, bei der Geschichte zu bleiben, die sie schon Hiram, dem Schiffsführer, aufgetischt hatten. »Er lernt bei meinem Vater das Fischerhandwerk.«

»Ah! Dann verrate mir doch mal, wer dein Vater ist. Denn du und deine Freunde, ihr kommt mir merkwürdig unbekannt vor ...«

»Wir ... äh ... leben außerhalb und kommen sehr selten in die Stadt ...«, stammelte Fynn und spürte, dass das Gespräch gerade gründlich schiefzugehen drohte. »Jedenfalls ... unser Vater ist ...«

»... Azimilkos«, sagte Franzi. Fynn atmete erleichtert auf. Der Name wäre ihm nicht mehr eingefallen.

»Quatsch«, sagte der Wachführer. »Azimilkos ist der völlig nutzlose Schiffsherr der Salaminia. Der ist nicht euer Vater.«

»Äh ... eine zufällige Namensgleichheit. Unser Vater heißt auch Azimilkos.«

Der Wachführer grinste spöttisch. »Ach, so ist das?«

»Ja, so ist das«, erwiderte Fynn. Mittlerweile wusste er, dass er das Gespräch völlig vergeigt hatte.

»Es gibt keinen Fischer namens Azimilkos. Ich kenne alle Fischer innerhalb und außerhalb der Stadt. Da ist kein Azimilkos unter ihnen. Mir scheint, der Wichtigtuer vorhin hatte recht. Ihr habt euch in die Stadt eingeschlichen, ihr und euer Komplize aus dem hohen Norden!«

»Und warum hätten wir das tun sollen?«

»Um unsere Flotte auszuspionieren? Um die Schiffe zu beschädigen? Unser Volk hat viele Feinde, besonders in dieser Zeit, in der die Götter uns bedrohen.«

»Wir sind Kinder, Alter!«, rief Lena. »Seit wann sind Kinder Spione!«

»Kinder? Wie alt seid ihr? Zwölf, dreizehn? Da ist man doch kein Kind mehr. Willst du mich auf den Arm nehmen? Wie seid ihr hierhergekommen?«

»Wir hatten ein Ruderboot, aber das ist gekentert«, erwiderte Fynn, der jetzt keinen Sinn mehr darin sah, noch irgendwelche Geschichten zu erfinden. »Die Salaminia hat uns aufgenommen und an Land gebracht. Von dort haben wir auch den Namen des Schiffsherrn.«

»Das hört sich auf jeden Fall glaubwürdiger an als das, was der Schwachkopf vorhin erzählt hat. Den Rest könnt ihr Feldherr Harimmab erklären. Das Triumvirat hat ihm wegen der Lage den Oberbefehl über die Hafenstädte erteilt.«

»Das Triumvirat?«, fragte Franzi.

»Die drei Herrscher über unser Reich. Tut ihr nur so dumm, oder seid ihr es?«

»Ihr habt den Ausnahmezustand erklärt?«, stieß Cornelius hervor. Der Wachführer schien mit dem Ausdruck nicht viel anfangen zu können. Er zuckte mit den Schultern.

»Was für einen Rest sollen wir dem Feldherrn erzählen?«, fragte Lena. »Es gibt keinen Rest.«

»Ich glaube, es gibt jede Menge Rest, auch ohne das Zeug, das der Wichtigtuer erzählt hat. Aber der Feldherr soll selbst entscheiden, wie er das aus euch herausquetscht oder ob er euren Schwachsinn glaubt. Ich bin nur ein kleiner Wachführer und hab hier die Hände voll zu tun mit all den Verrückten, die vor lauter Angst vor dem Zorn der Götter abhauen wollen.«

»Lasst ihr sie denn nicht gehen?«, fragte Fynn fassungslos, während er versuchte, nicht daran zu denken, mit welchen Mitteln der Feldherr die Freunde wohl dazu zwingen würde, die Wahrheit zu sagen.

»Niemand verlässt in der Not das Reich des Atlas!«, sagte der Wachführer grimmig. »Selbst wenn die Götter zürnen. Los, bringen wir sie zu Harimmab. Er wird schon wissen, was mit ihnen zu tun ist.«

22

Ängstlich ließen sich die Freunde abführen. Fynn und Franzi erklärten Vidocq die Lage, aber das meiste von dem Gespräch hatte der Franzose verstanden.

»Keine Sorge«, sagte er. »Gefangenentransporte sind die beste Gelegenheit, um sich aus dem Staub zu machen. Sollten sie mich mal schnappen, werde ich zusehen, dass ich von einem Knast zum anderen verlegt werde, und auf dem Weg haue ich dann einfach ab.«

»Schon gemerkt? Wir *sind* alle Gefangene«, sagte Lena, »und dies ist der *Gefangenentransport*. Dann zeigen Sie mal, wie Sie von hier abhauen wollen, Sie Schwätzer!«

»Ich möchte euch nicht allein eurem Schicksal überlassen.«

»Ach, das ist ja was ganz Neues!«

»Bewundernswerte Lena ... wie sehr musst du mich heimlich lieben, dass du so zickig zu mir bist.«

»Waaas?« Lena riss sich schneller von ihrem Bewacher los, als der reagieren konnte. »Ich geb dir gleich heimliche Liebe, du halbe Portion!«

Fynn schnappte sich Lena, bevor die sich auf Vidocq stürzen konnte. »Du kannst doch nicht unseren Uropa erschlagen!«, rief er, halb lachend, halb besorgt. »Dann werden wir ja nie geboren!«

Lena schnaubte, aber sie ließ sich beruhigen. »Sie haben es nur Fynn und Franzi zu verdanken, dass ich Sie am Leben lasse!«, rief sie und drohte Vidocq mit der Faust. Der junge Franzose wirkte nicht sonderlich beeindruckt. Die Soldaten grinsten, bis der Wachführer schnarrte: »Schluss mit dem Unfug. Weiter geht's! Der Nächste, der aus der Reihe tanzt, wird mit gefesselten Beinen hinterhergeschleift. Und zwar an den Ohrläppchen!«

Während sie weitergingen, nutzte Cornelius seine Chance, den anderen etwas zuzuflüstern. »Mensch, wenn wir jetzt nur wieder zur Zeitmaschine zurückkönnten! Wir haben den Beweis, den Vidocq haben wollte. Das hier ist Atlantis!« Er war so aufgeregt, dass er ihre üble Lage gar nicht zu bemerken schien.

»Welchen Beweis?«, fragte Franzi.

»Habt ihr nicht gehört, was der Wachführer gesagt hat? Das Reich des Atlas. Das ist der altgriechische Name für Atlantis!«

»Dann ist es ja doppelt blöd, dass wir nicht zur Zeitmaschine können, Alter«, knurrte Lena. »Weil die Typen hier uns garantiert nicht so schnell gehen lassen werden. Jedes Mal dieselbe Monsterkacke!«

Kaum hatte sie das gesagt, stellte sich ihnen eine Gruppe junger Frauen und Männer mit Blumenkränzen im Haar in den Weg. Der Wachführer verbeugte sich vor ihnen. Die Freunde waren überrascht. Die jungen Leute schienen eine hohe Stellung innezuhaben, dabei waren sie nur ein paar Jahre älter als sie selbst.

»Wir haben gehört, du hast Fremde verhaftet«, sagte eine der Frauen.

»Das ist richtig, Nifar«, bestätigte der Wachführer. »Diesen Ausländer hier und seine Helfer. Wir glauben, sie sind Spione.

Wie hast du das nur so schnell erfahren, Nifar?«

»Die Boten wissen über alles Bescheid«, sagte Nifar herablassend und musterte Vidocq von oben bis unten. Die Freunde beachtete sie kaum. »Nun, Fremder?«, fragte sie. Ihre Stimme war auf einmal honigsüß. »Was willst du hier auskundschaften?«

Vidocq hatte offensichtlich das meiste verstanden, denn er antwortete: »Ich bin wegen der schönen Frauen hier.«

Lena steckte sich demonstrativ den Finger in den Hals und tat so, als würde sie sich übergeben. Die junge Frau wandte sich an den Wachführer: »Was hat er gesagt?«

»Nichts Wichtiges«, erklärte Franzi.

»Wir nehmen die Fremden mit uns«, beschloss Nifar.

»Wir wollten sie gerade zum Feldherrn bringen …«

»Nicht mehr nötig.«

Der Wachführer verbeugte sich erneut. Er sah die Freunde einen nach dem anderen an, dann zuckte er mit den Schultern. »Ist wohl der Wille der Götter, denke ich«, brummte er und zog mit seinen Männern von dannen.

Bis auf seinen Ausbruch wegen des »Reichs des Atlas« war Cornelius die ganze Zeit über still gewesen und hatte nachgedacht. Jetzt rief er dem Wachführer hinterher: »Was hat der Mann, der uns auf dich aufmerksam gemacht hat, gesagt, als du geantwortet hast: ›Was für ein Ding?‹?«

Der Wachführer drehte sich um und musterte Cornelius irritiert. »Wieso willst du das wissen?«

»Einfach so.«

»Er meinte, ihr wärt nicht mit einem Boot hierhergekommen, sondern mit einem ... einem ... die Bezeichnung war totaler Unsinn!«

»Welche Bezeichnung?«

Cornelius war so aufgeregt, dass er ein paar Schritte auf den Wachführer zuging.

»Er sprach von einem Ding, das zwischen den Zeiten hin- und herreisen kann.«

23

Bernadette Jaeckels Stimme drang von unter dem Sofa hervor, das die eine Hälfte der Zeitmaschine ausmachte. »Hier ist nix«, sagte sie. »Außer dem, was man von der Unterseite eines Sofas erwarten würde. Federkerne und so. Und ein Haufen Staubmäuse.« Ihre letzten Worte klangen vorwurfsvoll.

Edgar Hanselmann erwiderte genervt: »Ich hab Ihnen doch gesagt, dass Sie da keine Schalter finden. Die Zeitmaschine hat keine versteckten Geheimnisse. Sie selbst ist ein einziges Geheimnis.« Und in ebenso vorwurfsvollem Ton fügte er hinzu: »Normalerweise transportiere ich die Staubmäuse alle vierzehn Tage in die Steinzeit, dann ist die Unterseite des Sofas wieder picobello sauber.«

»Warum haben Sie's dann diesmal nicht getan?« Bernadette wartete keine Antwort ab und kroch unter dem Sofa hervor. In ihrem Haar hingen ein paar Staubflusen. Hanselmann wollte sie schon darauf aufmerksam machen, aber dann verzichtete er doch lieber darauf.

Cornelius' Oma stemmte die Hände in die Hüften und musterte die Zeitmaschine. »Wann hätten die Kinder zurück sein sollen? Um halb fünf?«

»Richtig. Und jetzt ist es Viertel nach fünf. Und das ist eine Katastrophe. Zeitmaschinen gehen nicht nach, wissen Sie? Wenn man eine Zeit eingestellt hat, dann bleibt es auch bei dieser Zeit. Irgendwas ist schiefgegangen!«

»So was mag ich ja. An allem schuld sein und dann auch noch Panik schieben. Reißen Sie sich gefälligst zusammen!«

Hanselmann räusperte sich verdrossen. Er wünschte, die Alte würde endlich verschwinden, und gleichzeitig war er heilfroh, dass sie hier war.

»Warum fragen wir nicht den Geist von diesem Vidocq?«

»Er kann doch nur mit den Zwillingen Kontakt aufnehmen!«

»Und Ihr Vorfahr? Der Erfinder? Geistert der hier auch noch irgendwo rum?«

»Nein. Nur Vidocqs Geist hat überlebt.«

»Sind Sie da sicher?«

»Sonst hätte er ja wohl schon lange versucht, mit mir Kontakt aufzunehmen, und mich vor älteren Damen mit Lederkombi und Motorradhelm gewarnt!«

»Vielleicht sind Sie nur unfähig, ihn zu hören?«

Hanselmann schnaubte. »Jetzt machen Sie mal ’nen Punkt!«

»Gibt es denn sonst nichts, was er hinterlassen hat? In einem Testament? Wenn Sie schon der Hüter der Zeitmaschine sind, müssten Sie doch alle Unterlagen vererbt bekommen haben.«

»Mein Vorfahr hat nichts weiter hinterlassen, weil …« Hanselmann unterbrach sich.

»Weil?«

»Weil keiner weiß, was aus ihm geworden ist. Es heißt, er ist eines Tages plötzlich weg gewesen. Wahrscheinlich hat er sich in die Neue Welt abgesetzt, weil er es satt hatte, im Auftrag Vidocqs an der Zeitmaschine rumzuschrauben. Deshalb funktioniert sie vermutlich auch nicht richtig – weil er sie nie völlig fertiggestellt hat.«

»Sie haben ja ’ne saubere Familie«, brummte Bernadette.

»Ich hab zumindest keine durchgeknallte Motorradoma im Stammbaum!«

»Warum haben Sie die Kinder eigentlich nicht nach Athen zu Platon geschickt? Soviel ich weiß, hat Platon die Geschichte von

Atlantis überhaupt erst in die Welt gesetzt. Sie hätten ihn einfach fragen können, ob was Wahres dran ist oder ob er sich alles nur ausgedacht hat.«

»Äh ... wie?«, machte Hanselmann, von der plötzlichen Wendung des Gesprächs verwirrt.

»Nicht dran gedacht, was? Typisch.«

»Die Raum-Zeit-Koordinaten stehen in dem Brief, den Vidocq und mein Vorfahr hinterlassen haben. Ich richte mich nur nach denen.«

»Na gut. Lesen Sie mir das noch mal vor mit den Koordinaten – wie man sie einstellt. Sie müssen was falsch gemacht haben.«

»Ich hab nichts falsch gemacht!«

»Wenn alle Stricke reißen, schalten wir die Maschine einfach ab. Wie man sie abschaltet, wissen Sie doch, oder?«

»Ich hab schon den Nothebel gezogen ...«

»Nein, komplett abschalten! Wenn man einen PC komplett abschaltet und dann wieder hochfährt, sind die meisten Fehler behoben.«

»Das sollten wir lieber nicht tun. Ich weiß nicht, was dann mit dem Zeitfeld passiert, das die Kinder und die Maschine verbindet.«

»Als ob Sie sonst was wüssten. Also, das heben wir uns auf, wenn alles andere versagt. Und jetzt lesen Sie vor und halten Sie ansonsten den Schnabel!«

24

Die Freunde trotteten mit den jungen Frauen und Männern mit, ohne auf sie zu achten. Nur Lena bemerkte grimmig, dass Vidocq mit Händen und Füßen auf Nifar einredete und diese ihn so süß anlächelte, dass der junge Franzose beinahe zu schielen begann.

»Der Typ, der uns bei den Soldaten angeschwärzt hat, weiß, dass wir mit einer Zeitmaschine hier sind!«, zischte Cornelius aufgeregt.

»Das bedeutet, er weiß auch, dass wir aus dem 21. Jahrhundert kommen«, sagte Fynn.

»Nicht unbedingt«, widersprach Franzi. Nur in seltenen Ausnahmefällen passierte es, dass die Zwillinge sich einmal nicht einig waren. »Die Zeitmaschine hätte ja, von hier aus gesehen, auch im 12. Jahrhundert erfunden werden können ... oder im 33. Jahrhundert! Ihm kann nur klar sein, dass wir aus der Zukunft kommen.«

Fynn nickte. Cornelius jedoch schüttelte den Kopf. »Ich glaube, der Typ stammt auch nicht von hier«, sagte er. »Habt ihr gesehen, wie schlecht ihm seine Kleider passten? Als hätte er sie jemandem von der Wäscheleine geklaut, der nicht seine Größe hat. Und wie er geredet hat – er hat den Götterglauben der Leute lächerlich gemacht. Das würde ein Atlanter niemals tun.«

»Was denkst du dann, wo er herkommt?«

»Keine Ahnung.«

»Aber er hat sich ganz aufgeregt nach der Zeitmaschine erkundigt!«, sagte Franzi. »Das kann doch nur bedeuten ...«

»... dass er wissen will, wo sie jetzt ist!«, vollendete Cornelius.

»Und das bedeutet, dass er ...«, begann Fynn.

»... damit abhauen will«, ächzte Cornelius. »Wenn er sie findet, lässt er uns hier zurück! Oh Mann, wir müssen was tun!«

»Wieso soll er damit abhauen wollen?«, fragte Franzi. »Vielleicht will er sie ja nur sehen und verstehen, wie sie funktioniert.«

»Fragt den Kerl am besten selber«, mischte sich Lena ein. »Da vorne steht er nämlich und wartet schon auf uns.«

25

Nifar führte die Gruppe in einen ruhigeren Bereich am Hafen. Dort stand der unbekannte Mann und trat nervös von einem Bein aufs andere. Er schluckte, als er sie näher kommen sah. Wieder blickte er wie hypnotisiert zu Vidocq.

»Fremder«, sagte Nifar. »Jetzt ist dein Teil der Abmachung dran. Sind wir zufrieden, bekommst du die Gefangenen.«

Der Fremde holte tief Luft. »Es ist nicht der Zorn der Götter, der Atlantis bedroht«, sagte er hastig. »Es ist ...«

»Langsamer!«, mahnte Nifar. »Ich habe dir schon mal gesagt, dass ich die Sprache der Athener nur schlecht verstehe – und du redest sie außerdem sehr schlampig.«

Cornelius sah zu Fynn und Franzi. Seht ihr, ich wusste doch, dass er nicht von hier ist, bedeutete sein Blick. Er wollte etwas sagen, aber Fynn schüttelte den Kopf. Stimmt, dachte er, verraten wir lieber nicht, welche Gedanken wir uns über den Kerl machen. Wie immer war es für sie seltsam, mitzubekommen, dass andere Leute Sprachschwierigkeiten miteinander hatten. Die Zeitmaschine hatte den Effekt, dass sie jede Sprache gleich gut verstehen konnten.

»Seht nach oben«, sagte der Unbekannte. Er zeigte auf die einsame Wolke am Himmel. Dieser war mittlerweile dämmriger geworden, das Blau dunkler – und so konnte man die Wolke besser erkennen.

Cornelius schluckte.

Nun wusste er mit Sicherheit, was das für eine Erscheinung war und warum sie sich so merkwürdig unwolkenhaft verhielt.

Und er wusste auch, was der Unbekannte jetzt gleich sagen würde.

»Was ihr dort seht, ist keine Wolke. Es ist ein riesiger Fels aus der Sphäre jenseits der Erde, und er fliegt mit großer Geschwindigkeit auf uns zu. Was bei Tageslicht wie eine Wolke aussieht, sind seine Aura und sein Schweif aus Eis und Gas, die er mit sich trägt. Wenn der Fels diese Welt trifft, wird er wie ein glühender Berg zu Boden stürzen und euer Reich wird zermalmt werden und eure Insel in Stücke gesprengt, und was Feuer und Explosion nicht vernichten, wird von einer gigantischen Flutwelle zerstört werden, und all die kleinen Reiche, die ihr rings um das Meer he-

rum an den Küsten der Kontinente errichtet habt, werden untergehen in einer Flut, von der man noch in Jahrtausenden spricht.«

Es war still geworden. Selbst die Geräusche des Hafens schienen verstummt. Die Kinder schluckten. Vidocq starrte den Unbekannten mit zusammengekniffenen Augen an. Nifar und ihre Begleiter waren blass geworden.

»Wer sagt uns, dass das stimmt, was du uns erzählst?«

»Hab ich euch nicht auch erzählt, dass ein merkwürdiger Fremder und vier junge Menschen hier auftauchen werden – und dass die Katastrophe mit ihrem Eintreffen ihren Anfang nimmt?«

»Hey, Moment mal …!«, empörte sich Lena.

Nifar nickte. »Die erste Hälfte deiner Prophezeiung stimmt.«

»Dann seht noch einmal genauer nach oben.«

»Die Erscheinung ist größer geworden«, sagte Nifar.

Die Kinder blickten ebenfalls in den Himmel. Es stimmte. Wenn man wusste, dass man auf einen Kometen blickte, der genau auf die Erde zuflog, konnte man das Phänomen gar nicht mehr als seltsame Wolke missdeuten. Seit sie am Nachmittag hier eingetroffen waren, war das Ding tatsächlich größer geworden. Was nur bedeuten konnte, dass der Komet näher gekommen war. Näher zur Erde. Zum zweiten Mal hatte die Zeitmaschine sie am kritischsten Zeitpunkt ihrer Mission abgesetzt.

Lena beugte sich zu Fynn und flüsterte: »Machen wir, dass wir hier wegkommen!«

»Du und deine Freunde, ihr seid die menschlichen Boten der Götter«, sagte der Unbekannte zu Nifar. »Ihr müsst allen sagen, dass nicht der Zorn der Götter euer Reich trifft, sondern eine Naturkatastrophe. Einer Naturkatastrophe kann man ausweichen. Lasst alle Schiffe so viele Menschen wie möglich aufnehmen und in See stechen. Lasst sie so weit wie möglich aufs offene Meer hinausfahren. Auf dem Meer kann die Flutwelle kaum Schaden anrichten. Sendet Botschaften an eure Küstenreiche, dass die Menschen sich in die Berge zurückziehen oder tief ins Landesinnere. Dann kann Atlantis diese Katastrophe überleben.«

»Atlantis geht …«, begann Cornelius. Fynn stieß ihm mit dem Ellbogen in die Rippen. Cornelius verstummte. Er hatte sagen wollen: Atlantis geht auf jeden Fall unter!

»Verhalt dich still und denk dran: Wir wissen nichts«, raunte Fynn ihm zu.

»Was dich und deine Freunde betrifft, Nifar – euer Opfer ist völlig umsonst. Eine Naturkatastrophe kann nicht besänftigt werden, sie geschieht ganz einfach.«

Nifar nickte zu den Worten des Unbekannten, aber es schien, als wären ihre Gedanken ganz woanders. »Na gut«, sagte sie schließlich. »Wir haben die Gefangenen den Soldaten abgenommen. Jetzt übernimm du sie, wie es abgemacht war.«

Der Unbekannte nickte. Er schien sehr erleichtert. Die Freunde wurden sanft vorwärtsgeschoben und standen auf einmal außerhalb des Kreises der jungen Leute mit den Blumenkränzen im Haar. Der Unbekannte breitete die Arme aus. »Ihr könnt mir vertrauen«, sagte er und lächelte. Auf seiner Stirn standen Schweißperlen.

Vidocq war innerhalb des Kreises stehen geblieben. Er beobachtete die Situation, sprach aber kein Wort.

Franzi zeigte auf ihn und sagte: »Er gehört auch zu uns!«

»Er bleibt hier«, sagte Nifar.

»Von wegen«, begann Lena, »das könnte dir so passen, du ...«

»Er ist unser Freund«, unterbrach Fynn. »Wenn wir gehen, geht er auch.«

»Nein, tut er nicht«, sagte der Unbekannte hart.

»Nein, tut er nicht«, sagte Nifar. Sie lächelte Vidocq an und strich ihm über die Wange. »Er bleibt bei ... mir.«

Vidocq hob die Hand und winkte. »Macht's gut, Kinder«, sagte er. »Danke, dass ihr mich mit hierhergenommen habt. Sagt den Archäologen, sie können in zehntausend Jahren nach meinen

Stiefeln graben.« Er nahm Nifars Hand und hauchte einen Kuss darauf.

»Diese Welt wird untergehen, Sie Armleuchter!«, rief Lena. »Von Ihren Stiefeln ist in ein paar Tagen genauso wenig übrig wie heute schon von Ihrem Hirn!«

»Auf Wiedersehen, bewundernswerte Lena. Ich werde ewig an dich denken!«

Lena schäumte vor Wut. »Lasst mich durch, ich reiß dem Volldeppen den Kopf ab ...« Fynn und Cornelius hielten sie fest.

»Bitte kommen Sie mit uns«, sagte Franzi. »Sie können nicht hierbleiben. Das alles läuft gerade schrecklich schief.«

Vidocq erwiderte nichts. Nifar hatte den Arm um seine Hüften gelegt und strahlte ihn an. Er strahlte zurück.

»Fein. Dann bleiben Sie eben hier und fliegen mit allem in die Luft!«, schrie Lena. »Ist uns doch egal!«

»Kümmert euch nicht um ihn, Kinder«, sagte der Unbekannte. »Er ist verantwortungslos durch und durch. Ein fauler Kern hinter einer scheinheiligen Fassade. Ihr seid besser dran ohne ihn.«

Vidocq sah auf. »Kennen wir uns, mein Herr?«, fragte er mit gespielter Freundlichkeit.

»Noch nicht, Eugène. Noch nicht«, sagte der Mann. »Du warst ein paar Jahre älter, als du mir meine Erfindung gestohlen hast.«

26

Der Unbekannte hatte die fassungslosen Gesichter der Freunde bemerkt, ihnen ein »Pssst!« zugeflüstert und sie dann durch ein paar Gassen vom Gewühl des Hafens weggeführt. Etwas abseits der Anlegestelle, dort, wo ein paar Felsen und Steinblöcke am Ufer lagen und das abendliche Meer dazwischen gluckerte, blieb er stehen.

»Woher kommt ihr?«, fragte er.

»Woher kommen Sie?«, fragte Fynn zurück.

Cornelius ahnte, wer der Mann war, auch wenn er es nicht glauben konnte. Lena war nicht bei der Sache, sie blickte sich immer wieder um, als erwarte sie, Vidocq käme angelaufen.

Statt einer Antwort sagte der Mann: »Ich habe euch schon einmal gesehen. Vor einiger Zeit. Ich kann nicht sagen, wie viel Zeit seitdem vergangen ist, weil es dort, wo ich auf euch warten musste, so was wie Zeit nicht gibt. Aber ihr habt euch nicht verändert, also kann es nicht lange her sein.«

»Wann haben Sie uns gesehen?«, fragte Franzi irritiert.

»Ich glaube, es muss heißen: Wo?«, sagte Cornelius. »In Schottland, oder?«

Der Unbekannte nickte.

»Wir haben Sie nicht gesehen.«

»Das stimmt. Ich war zu verwirrt, um mit euch Kontakt aufzunehmen.«

»Jetzt komm ich nicht mehr mit ...«, gab Fynn zu.

»Woher stammt ihr?«, fragte der Unbekannte. »Ich meine – aus welcher Zeit? Hat Vidocq euch angeheuert? Welches Jahr schreibt man dort, wo ihr herkommt?« Seine Augen glänzten wie im Fieber.

»Sagen Sie uns doch erst mal, wer *Sie* sind«, sagte Fynn.

Der Unbekannte holte tief Luft. »Ich bin Pierre Hanselmann, der Erfinder der Zeitmaschine und Opfer von Vidocqs schändlichem Betrug.«

Die Kinder standen da wie vom Donner gerührt. Selbst Lena starrte den Unbekannten mit offenem Mund an und staunte: »Monsterkrass!«

Der Unbekannte war um die fünfzig. Er hatte eine Glatze mit einem Haarbüschel darauf und zwei weiteren dichten Haarbüscheln links und rechts an seinem Schädel. Seine Frisur erinnerte an einen Clown, nur dass seine Haare grau waren. Er war schlank, seine Haut war blass. Je länger Franzi ihn ansah, desto weniger schien er in die Kleidung zu passen, die er trug. Sie stellte ihn sich mit den Klamotten Vidocqs vor, und auf einmal stimmte das Bild.

»Wie kommen Sie hierher?«, fragte Fynn perplex.

»Und wie kamen Sie neulich nach Schottland?«, setzte Cornelius hinzu.

»Und woher wissen Sie überhaupt über uns Bescheid?«, fragte Lena und gab sich dann die Antwort selbst: »Klar – weil Sie Vidocq erkannt haben!«

Pierre Hanselmann dachte nicht daran, ihnen auf ihre Fragen zu antworten. Stattdessen sagte er: »Was wisst ihr über die Zeitmaschine?«

Nach anfänglichem Zögern erzählten die Freunde, was sie wussten. Pierre nickte. »Er hat die Maschine nicht mehr weiterentwickelt. Aber wie auch – er hat ja keine Ahnung davon! Wollt ihr wissen, was Eugène Vidocq getan hat? Er hat mich auf eine Mission geschickt – und dann hat er die Maschine abgeschaltet. Komplett abgeschaltet! Er wollte mich für immer loswerden. Ich trieb in Raum und Zeit! Wie lange war ich überhaupt weg? Zwei Jahre? Zehn? Aus welchem Jahr kommt ihr? Und wieso habt ihr Vidocqs jüngere Ausgabe dabei? Ist das wieder einer seiner faulen Tricks?«

Fynn sagte vorsichtig: »Sie waren ein bisschen länger weg als nur zwei Jahre.«

»Wie lange?«

»Fast zweihundert Jahre.«

Zu Fynns Erstaunen erschütterte den Erfinder das kein bisschen. »Egal«, murmelte er. »Ich kann mit der Zeitmaschine zu jedem Datum zurückkehren, zu dem ich will. Ich kann fünf Minuten vor meiner Verhaftung zurückkehren und Vidocq etwas über den Schädel geben, wenn er zur Tür reinkommt.« Er lächelte übers ganze Gesicht. »Endlich werde ich mich rächen, werter Eugène! Du wirst noch bereuen, was du mir angetan hast!«

»Wieso sind Sie hier?«, fragte Franzi. »Wieso waren Sie in Schottland?«

»Die Maschine verliert die Signatur eines Zeitreisenden nie. Wenn sie wieder eingeschaltet wird, sucht sie nach ihm und zieht ihn zu sich. Der Zeitreisende landet allerdings nicht immer genau dort und zu dem Zeitpunkt, an dem die Maschine auftaucht. Zeit ist nicht linear, sie ist viel zu fließend, um so genau zu sein. Je weiter die Reise in die Zeit ist, die die Maschine unternimmt, desto weiter kann so ein verloren gegangener Zeitreisender von ihr entfernt landen. Ihr seid heute angekommen, oder? Ich bin schon seit zwei Tagen hier – und ich kam dort in den Bergen heraus und musste ganz schön klettern, um hierher zu gelangen. Und klettert mal mit nichts als einem Morgenmantel bekleidet in den Felsen herum!«

»Wieso hatten Sie nur einen Morgenmantel an, wenn Vidocq Sie doch auf eine Mission geschickt hat?«, fragte Cornelius.

»Lange Geschichte«, wehrte Pierre ab. Er rieb sich die Hände. »Aber nun zur Sache. Wo ist die Zeitmaschine? Lasst uns zurückreisen, bevor hier alles in die Luft fliegt.«

»Wir können auf keinen Fall ohne Vidocq zurückreisen«, sagte Fynn.

»Du hast doch gehört, dass er hierbleiben will«, hielt Pierre dagegen.

»Er wird umkommen, wenn Atlantis untergeht. Er ist unser Urgroßvater«, erklärte Franzi. »Mit sechs ›Ur-‹. Wenn er hier stirbt, kann es sein, dass es uns nie geben wird. Abgesehen davon ist er unser Freund. Wir lassen ihn nicht zurück!«

»Auch wenn er ein Volldepp ist«, knurrte Lena.

Pierre seufzte und hob die Hände. »Also gut. Kommt mit. Ich habe eine Bleibe gefunden. Ich bringe euch jetzt dorthin und gehe dann zu Nifar. Es wird mir schon gelingen, ihn zu überreden.«

»Wir kommen mit«, sagte Fynn.

»Nicht alle, das wäre ... ungeschickt. Aber meinetwegen komm du mit.«

Fynn zögerte einen winzigen Moment. Franzi sagte rasch: »Wir alle zusammen oder gar keiner!«

»Dann eben gar keiner.« Pierre klang beleidigt.

»Gut, bringen Sie uns bitte zu Ihrer Unterkunft«, sagte Franzi.

Pierre deutete nach oben. »Seht ihr das? Das ist nur der Hauptkern des Kometen. Normalerweise fliegen ihm kleinere Brocken voraus, die man mit bloßem Auge nicht sehen kann. Wenn die hier einschlagen, und das werden sie, wird es sein, als feuerten die größten Kanonen der Welt ihre Geschosse auf diese Insel ab. Das kann jede Minute passieren. Wenn sich Eugène also zu lange weigert, kann er mir gestohlen bleiben. Dann kehren wir ohne ihn zurück, schon um unser Leben zu retten.« Er setzte sich in Bewegung, dann stutzte er. »Wie lange brauchen wir überhaupt, um die Zeitmaschine zu erreichen? Wo habt ihr sie abgestellt?«

»Darüber reden wir, wenn Vidocq wieder da ist«, sagte Fynn kühl.

»Bitte, wie ihr wollt. Ich möchte euch ja bloß helfen!«

Pierre führte sie zu einer heruntergekommenen Herberge am Stadtrand, in der nicht viel los war. Unter dem Dach hatte er ein kleines Schlaflager gemietet. Die Miete bezahlte er, indem er

dem Wirt half, die bröcklige Mauer um seinen Garten zu reparieren. Die Freunde setzten sich unter einen Baum und wehrten ab, als der Wirt sie bedienen wollte. Grummelnd zog der Mann sich zurück. Pierre eilte davon.

»Ich glaub dem Kerl kein Wort«, knurrte Lena.

»Wir können ihm nicht trauen«, bestätigte Cornelius. »Wisst ihr noch, in Schottland? Wir hatten die Zeitmaschine doch in dem alten Gang in der Burgruine versteckt. Als wir wieder zurückkamen, stand sie vor dem Gang im Freien. Wir dachten immer, Wilson und Wetherell hätten sie dort abgestellt. Aber inzwischen glaube ich, er war es. Er wollte sie uns klauen. Er wollte damit abhauen. Ohne uns. Aber unsere Rückkehr hat ihn überrascht und seinen Plan durchkreuzt.«

»Keine Sorge, wir trauen ihm nicht«, sagte Franzi, und Fynn nickte.

»Nicht mal so weit, wie ich ihn werfen könnte«, sagte Lena.

»Und was tun wir jetzt?«, fragte Cornelius.

Die Zwillinge sahen sich an. »Wir verstecken uns irgendwo«, sagte Fynn. »Ich glaube nämlich, dass Hanselmann irgendeine Schweinerei vorhat.«

27

Eine Stunde lang passierte gar nichts. Die Freunde hatten den Garten der kleinen Herberge verlassen und in einem Ziegenstall in der Nähe Posten bezogen. Der Stall war leer, aber der strenge Geruch der Ziegen hing immer noch in der Luft, und der Boden war übersät mit kleinen schwarzen Kügelchen.

Plötzlich kamen drei Männer in schmutziger, zerlumpter Kleidung herbeigelaufen. Zwei rannten in den Garten der Herberge, einer bezog am Tor Stellung, als wollte er jemanden am Herauslaufen hindern. Und genau das war seine Absicht.

»Monsterkacke«, flüsterte Lena. Sie drängten sich zu viert am Türspalt des Ziegenstalls.

Die beiden Männer kamen wieder heraus und sagten: »Die Vögel sind ausgeflogen.«

»Was jetzt?«, fragte der Dritte.

»Was soll schon sein? Haben wir das Geld schon gesehen, das er uns versprochen hat dafür, dass wir uns die Kinder schnappen und aus ihnen rausquetschen, was er wissen will? Na also. Die Kinder sind nicht da. Pfeift drauf. Wenn ihr mich fragt – gehen wir rein und bieten dem Wirt an, sein Mobiliar für eine freundliche Weinspende zu schützen.«

»Zu schützen? Vor wem?«, fragte der dritte Mann, der offenbar schwer von Begriff war.

»Na, vor uns, du Narr!«

Die Männer verschwanden in der Herberge.

»Lasst uns abhauen«, sagte Fynn.

Sie rannten, so schnell sie konnten, in die andere Richtung und tauchten wieder in das Gassengewirr der Stadt. Erst nachdem sie in der Nähe des Marktplatzes angekommen waren, blieben sie völlig außer Atem stehen.

»Der hat uns die Schläger auf den Hals gehetzt!«, keuchte Lena. »Ich fass es nicht. Monstermonsterkacke!«

»Was sollen wir jetzt tun?«, fragte Cornelius, der rot im Gesicht war vor Anstrengung.

»Hier sind wir jedenfalls nicht mehr sicher«, sagte Fynn. »Ich glaube, wir haben die Bestätigung, die wir haben wollten. Damit muss Vidocq zufrieden sein. Wir sehen zu, dass wir zur Zeitmaschine zurückkehren, und dann reisen wir ab.«

»Und unser Vidocq hier?«, fragte Lena.

»Ich glaube, es ist gar nicht nötig, dass er bei uns ist«, sagte Fynn. »Er kommt ja auch ohne uns überall dort an, wo wir mit der Zeitmaschine hinreisen. Ich nehme an, die Maschine nimmt ihn wieder mit zurück, sobald wir damit starten. Wenn wir abreisen, entkommt auch er dem Untergang von Atlantis.«

»Und Pierre Hanselmann?«

»Ich habe noch nicht ganz verstanden, was es mit ihm auf sich hat«, gestand Fynn.

»Ich glaube, es ist so«, begann Cornelius. »Solange die Maschine ausgeschaltet war, war er irgendwo an einem Ort, an dem es so etwas wie Zeit nicht gibt. Ihr habt ja selbst gehört, dass er gar keine Ahnung hatte, wie lange er weg war. Als wir nach Schottland gereist sind, wurde er von der Maschine angezogen und ebenfalls dort abgesetzt. Und als wir Schottland verlassen haben, geriet er wieder an den Ort ohne Zeit. Er wusste nämlich auch nicht, wie lange unsere Mission in Schottland schon her ist. Ich vermute, dass er mit uns in der Maschine sitzen muss, damit er aus dieser Zeitschleife entkommen kann.«

»Aber wir haben mit ihm zusammen gar keinen Platz in der Maschine«, sagte Lena. »Und das weiß er. Das heißt, er wollte von Anfang nur rausfinden, wo wir das Ding versteckt haben, und uns dann hier zurücklassen! Ich reiß ihm alle Haare einzeln aus! Und das würde nicht mal lange dauern.«

»Glaubst du, was er über Vidocq erzählt hat? Dass der ihn absichtlich in der Zeit hat verloren gehen lassen?«, fragte Cornelius.

»Ich glaube, sie lügen beide«, meinte Fynn. »Pierre Hanselmann und Ur-Ur-Ur-Ur-Ur-Uropa.«

»Aber ich bin sicher, Vidocq will uns nichts Böses«, sagte Franzi. »Und deshalb halten wir zu ihm.«

»Also brauchen wir als Nächstes ein Boot, um wieder zu der kleinen Insel zu kommen«, sagte Cornelius.

»Irrtum«, sagte Lena, die zufällig nach oben geblickt hatte. »Wir brauchen einen Bunker.«

Rings herum schrien die Menschen auf vor Schreck. Über den nächtlicher werdenden Himmel raste das Unglück mit einem Donnern und Brausen wie tausend Düsenflugzeuge heran.

28

Es waren vier – nein, fünf – nein, sechs Geschosse, die über den Himmel rasten. Sie zogen lange, gerade Feuerschweife hinter sich her, wie Raketen. Nur dass an der Spitze der Feuerschweife keine Raketen saßen, sondern unterschiedlich große, weiß glühende Brocken, von denen Einzelteile abplatzten. Sie flogen in einer Art Formation, die sich auflöste, noch während die Freunde hinschauten. Zwei kleinere Brocken senkten sich bereits nach unten, ihre Kraft aufgebraucht durch den Luftwiderstand, sich immer weiter auflösend in glühende Trümmerstücke, bis nicht zwei einzelne Meteoriten Feuerspuren hinter sich herzogen, sondern eine ganze Handvoll. Vier größere Geschosse flogen weiter. Doch auch sie senkten sich langsam immer tiefer – Feuer spuckend, Funken sprühend, tosend, donnernd. Ihre Feuerschweife verloschen, stattdessen zogen sie Rauchfahnen hinter sich her. Das Tempo der Meteoriten war unfassbar.

Die Panik, die sie auslösten, auch. Menschen liefen schreiend umher. Die einen rannten Schutz suchend in Häuser hinein, die anderen stürzten heraus, um nicht in ihnen gefangen zu sein, wenn die Brocken einschlugen. An den Türen gab es Kämpfe. Leute stürzten, andere trampelten über sie hinweg.

Unter Fynns und Cornelius' Führung kämpften sich die Freunde bis zum massig aufragenden Bau des Säulentempels mit der inneren Stufenpyramide durch.

»An der abgewandten Flanke des Tempels sind wir am sichersten!«, brüllte Fynn durch den Lärm und zog Franzi mit sich.

Atemlos vor Schreck und Panik rannte Lena neben Cornelius her. Die Angst verlieh ihren Beinen ungeahnte Kräfte. Der lange Chiton wickelte sich um ihre Waden. Ohne hinzuschauen raffte sie ihn mit einer Hand zusammen und zerrte ihn über ihre Knie hoch.

Sie blickte in den Himmel, über den jetzt die vier größten Geschosse jagten. Sie donnerten über den Marktplatz, noch immer ein paar hundert Meter hoch, aber Lena schien es, als brausten sie direkt über ihren Kopf hinweg. Sie rannte um ihr Leben.

So wie die panische Masse auf dem Platz, die kreischte, brüllte, weinte. Die Priester bei dem großen Feuer vor der Säulenhalle hatten offenbar kein Vertrauen in ihre Opfer. Sie sprangen, alt wie sie waren, hektisch die Treppe herunter und mischten sich unter die ziellos umherirrende Menge,

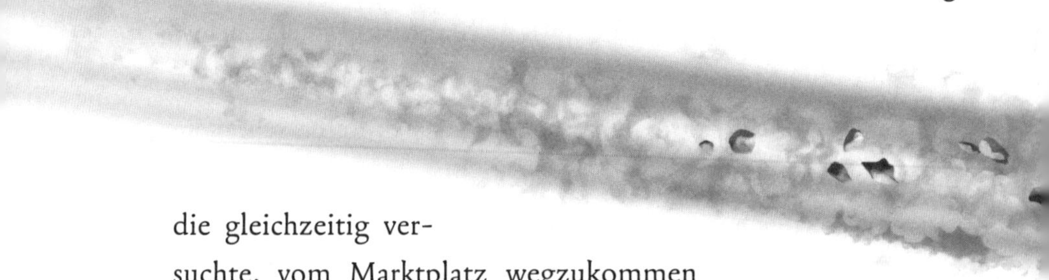

die gleichzeitig versuchte, vom Marktplatz wegzukommen und auf ihn zu fliehen, in die Häuser zu rennen und aus ihnen zu entkommen.

Lena konnte die Meteoriten riechen, die über sie hinwegrasten. Sie rochen nach verbrannter Luft, nach Feuer, Rauch und Zerstörung.

Draußen auf dem Meer und auf der kleinen vorgelagerten Insel schlugen die ersten Brocken ein. Wasser- und Dampfsäulen stiegen hoch. Lena bildete sich ein, die Einschläge unter ihren Füßen zu spüren. Auf der Insel wirbelten Dreckfontänen hoch. Es sah aus wie in einem Actionfilm voller Explosionen, nur dass es die Realität war und die vier Freunde um ihr eigenes Leben bangten und um das Hunderter echter Menschen um sie herum.

»Die Zeitmaschine!!«, schrie Cornelius, der sich im Laufen umgedreht hatte. »Wenn die Dinger die Zeitmaschine treffen …!«

Sie rannten um die Tempeltreppe herum und warfen sich in

die Deckung des wuchtigen Baus. Dutzende Leute hatten dort schon Schutz gesucht und kauerten sich gegen die Mauer. Hände fassten nach den Freunden und zerrten sie näher heran, zitternde Menschen rückten beiseite, damit Fynn und die anderen auch noch Deckung fanden. Fynn hatte schon befürchtet, dass man sie zurückstoßen würde, so wie es der verängstigte Mob an jedem anderen Ort und zu jeder anderen Zeit getan hätte. Aber die Atlanter schienen über einen besonderen Gemeinsinn zu verfügen. Hatten sie deshalb alle Küsten rund um ihr Reich herum erobern und den antiken Kulturen ihren Stempel aufdrücken können? Weil sie in jeder Lage von sich aus zusammenhielten, und nicht nur etwa durch Polizeigewalt?

Cornelius rappelte sich auf, kaum dass sie bei der Mauer angekommen waren. Er drängelte sich zu einer Stelle durch, an der er über die Treppe hinweg zur Insel sehen konnte. Sein ganzes Denken galt der Zeitmaschine. Wenn die Meteoriten sie zerstörten, würden sie hier alle zusammen mit Atlantis untergehen!

Er ahnte jetzt, warum die Maschine sie ein Stück entfernt abgesetzt hatte – zu ihrem eigenen Schutz. Aber gegen diesen Ansturm von Geschossen konnte auch eine solche Sicherheitsmaßnahme nichts ausrichten.

Keuchend und mit trommelndem Herzschlag starrte Cornelius zur Insel hinüber, über der die Explosionspilze der Einschläge standen. Aus dem Wasser stiegen Dampfsäulen von den Treffern auf, das Meer selbst schien zu kochen. Wellen ließen die Masten der Schiffe wild hin und her schwanken. Gischt spritzte gewaltig und donnernd im Hafenbecken auf, als die Wellen gegen die Kaimauer brandeten. Kleinere Boote wurden davon hochgehoben und auf die Kaianlagen geworfen.

Die Einschläge auf der Insel lagen alle auf dem von ihnen aus gesehen linken Abhang des Hügels. Der Krater auf der Spitze, in dem die Zeitmaschine stand, war bisher verschont geblieben. Cornelius war so erleichtert, dass er mit aller Kraft auf den ihm nächsten Rücken schlug. Franzi jaulte auf und versetzte ihm einen Hieb gegen den Arm.

Sie spürten Rucke, als würde jemand von unten gegen ihre Fußsohlen schlagen. Von der Säulenhalle rieselten Staub und kleine Steine. Leute schrien auf. Es waren vier gewaltige Rucke.

»Die großen Brocken sind runtergekommen«, sagte Fynn und schluckte. »Ich möchte nicht wissen, wie es dort jetzt aussieht.«

»Wenn die hier eingeschlagen wären …«, ächzte Franzi und schüttelte sich.

Über den Platz legte sich eine Art Stille. Weinen und Stöhnen war zu hören. Vom Hafen her konnte man die dumpfen Schläge der Wellen vernehmen, die noch immer gegen die Kaianlagen brandeten. Der Himmel war überzogen mit den langsam sich auflösenden Rauchspuren der Meteoriten. Überall erhoben sich Menschen aus der Deckung und starrten angstvoll in den wieder unschuldig wirkenden Himmel – unschuldig bis auf den in der Dämmerung leuchtenden Kometen, der sich weiter näherte. Er war jetzt deutlich größer als noch am Nachmittag und stand tief am Firmament. Über Nacht würde die Erddrehung dafür sorgen, dass man ihn nicht mehr sehen konnte. Morgen würde sich Atlantis wieder in seine Bahn drehen – und wahrscheinlich den Menschen einen Riesenschock versetzen, weil er dann noch größer und bedrohlicher aussehen würde.

»Es wird Zeit, dass wir abhauen«, sagte Fynn. Er schlug Cornelius gegen den Arm. »Los, nichts wie weg! In dem Chaos unten am Hafen können wir uns sicher ein Boot schnappen. Vielleicht ist auch Vidocq vernünftig geworden und sucht schon nach uns.«

»Wir müssen warten, bis sich das Meer wieder beruhigt hat«, erklärte Cornelius.

»Gut, aber lasst uns schon mal zum Hafen laufen.«

Die Freunde rannten los, nur Lena rührte sich nicht von der Stelle. Sie stand an die Mauer des Tempels gepresst da und stierte zur Insel hinüber.

»Lena?«

Lena zuckte zusammen, als Franzi sie berührte. Sie nahm ihre Freundin gar nicht richtig wahr. Sie sah noch immer die Einschläge der Meteoriten auf der Insel vor ihren Augen. Sie schüttelte sich und versuchte die Bilder loszuwerden.

»Monsterkacke«, stotterte sie.

»Das kannst du laut sagen«, stimmte Franzi ihr zu.

Lena starrte sie an. Dann legte sie den Kopf in den Nacken und brüllte, dass ihr der Hals wehtat: »MONSTERKACKEEEEEE!« Danach war ihr wohler.

»Laufen wir«, sagte Fynn.

Sie liefen.

Direkt in den Wachführer und seine Soldaten hinein.

29

»Bitte«, sagte Fynn. »Bitte. Ihr müsst uns gehen lassen. Wir gehören ja gar nicht hierher.«

»Niemand verlässt das Reich des Atlas in der Not«, knurrte der Wachführer. Er und seine Männer führten die Freunde aus der Hafenstadt hinaus. Die Soldaten hielten sie an den Oberarmen fest – nicht grob, aber auch nicht gerade sanft.

»Wo bringt ihr uns überhaupt hin?«, fragte Franzi. »Zum Feldherrn? Der hat seine Kommandantur doch unten am Hafen ...«

»Feldherr Harimmab ist bereits unterwegs zum Triumvirat in der Hauptstadt. Und da bringen wir euch jetzt auch hin.«

»Nein!«, rief Cornelius. »Nein, ihr dürft uns nicht von hier wegbringen. Wir müssen im Hafen bleiben. Wir brauchen ein Boot! Wir müssen zu der Insel hinüber ...«

»Quatsch!«

»Was Pierre ... was der Mann, der euch auf uns aufmerksam gemacht hat, sagte, stimmt«, versuchte es Fynn. »Wir sind wirklich mit einem Apparat hier, der in der Zeit hin- und herreisen kann. Wir kommen aus einer ganz anderen Zeit, und wenn wir nicht so schnell wie möglich zu unserer Maschine zurückkehren, reist sie ohne uns ab.«

»Erst recht Quatsch!«

»Was ist mit unserem Freund? Warum habt ihr den nicht verhaftet?«

»Weil er jetzt zu den Boten gehört. Seine Mission wird gerade vorbereitet. Er wird mit Nifar und den anderen zu den Göttern gehen und dort um Gnade bitten.«

»Er wird zu den Göttern gehen?«, wiederholte Franzi verständnislos.

Cornelius war blass geworden. Er erinnerte sich an die Bemerkung, die Pierre Hanselmann gegenüber Nifar gemacht hatte: Euer Opfer ist völlig umsonst. Er erinnerte sich an die Szene vor dem Tempel heute Nachmittag.

»Sie wollen sich alle opfern«, sagte er tonlos. »Nur so können sie zu den Göttern gehen.«

»Dafür sind sie da«, nickte der Wachführer. »Die Besten und Schönsten unter unseren jungen Leuten wachsen als Boten für die Götter auf – für den Tag, an dem wir die Hilfe der Götter nötiger brauchen als alles andere. Für einen Tag wie den, der uns bevorsteht.«

Lena stotterte. Sie war noch bleicher als Cornelius. »Was?«, stieß sie hervor. »Was?«

»Deshalb hat Pierre ihn Nifar in die Hände gespielt – weil er ihn so auf jeden Fall loswird«, sagte Cornelius. »Und Vidocq hat wie immer keine Ahnung, was um ihn herum vorgeht!«

»Du musst uns freilassen!«, bat Fynn. »Bitte, Wachführer. Wir müssen unseren Freund retten und dann unsere Maschine finden. Wir gehören nicht hierher. Und Vidocq als Bote für die Götter taugt nichts. Du hast selbst gesagt, dass die Boten schon von Kindesbeinen an auf ihre Aufgabe vorbereitet werden. Vidocq hat keine Ahnung. Wahrscheinlich würde er die Götter sogar erzürnen.«

Der Wachführer musterte ihn nachdenklich.

»Bitte!«, sagte nun auch Franzi.

Für einen Moment sah es so aus, als würde der Wachführer nachgeben. Doch dann schüttelte er den Kopf. »Der Feldherr soll entscheiden. Oder das Triumvirat. Ich kann euch nicht gehen lassen.«

»Aber wenn ihr uns in die Hauptstadt bringt, dann erreichen wir unseren Apparat nicht rechtzeitig, und dann müssen wir hier zurückbleiben!«, schluchzte Cornelius. »Wie lange dauert denn die Reise dorthin? Tage? Wochen? Vorher geht euer Reich unter!«

»Willst du mich auf den Arm nehmen?«, fragte der Wachführer. Er und seine Männer hatten die Kinder eine steil ansteigende Straße hinaufgeführt zu einer Art Bergkamm, der sich hinter dem Hafen erhob. Die Geräusche der langsam abflauenden Panik in den Gassen und auf dem Marktplatz wurden leiser. Sie überwanden den Bergkamm und blickten auf eine weite, flache Ebene, die sich dahinter erstreckte.

Den Freunden stockte der Atem. Alles hatten sie erwartet, nur das nicht.

»Da ist die Hauptstadt doch schon!«, knurrte der Wachführer ungnädig.

30

Vor ihnen lag eine riesige Stadt. Häuser, Türme, wuchtig aufragende Tempelanlagen über weiten Plätzen, Gassen, Paradestraßen, Gärten, bewirtschaftete Felder, der Glanz von weißem Marmor, von Gold und Silber und von bunten Farben im Schein

Abertausender von Fackeln und offenen Feuern und den letzten Sonnenstrahlen, die von Westen her auf die Ebene fielen ...

Die Freunde konnten ein Netzwerk aus Kanälen erkennen, rechtwinklig angelegt, die die Stadt in lauter künstliche, rechteckige Inseln unterteilten. Weit in der Ferne schimmerte in einem Halbkreis, golden im Widerschein der Abenddämmerung, ein wahrscheinlich ringförmiger Kanal. Alles danach verlor sich im Dunkel, aber die Lichtpunkte der Feuer waren noch weithin zu sehen und wirkten, als wäre der Sternenhimmel zu Boden gefallen und würde dort weiterfunkeln.

»Oh Mann«, sagte Cornelius.

»Ritz«, flüsterte Lena, abgelenkt von ihrer Sorge um den jungen Vidocq.

»Ihr Götter!«, sagte der Wachführer, aber er meinte nicht den fantastischen Anblick vor seinen Augen. Seine Männer deuteten murmelnd auf vier Stellen, an denen, auch von hier gut sichtbar, Stätten der Zerstörung lagen. Flammen flackerten darüber, Rauchsäulen erhoben sich in den Abendhimmel. Man konnte die Furchen sehen, die die Meteoriten beim Aufschlag in die Stadt gepflügt hatten, und die rauchenden, glühenden Krater, wo sie zum Halten gekommen waren.

Der Wachführer war sichtlich erschüttert. »Was haben wir getan?«, flüsterte er. Er blickte in den Himmel. »Warum bestrafst du dein Volk, großer Poseidon?«

»Poseidon war gnädig«, brummte einer der Soldaten. »Die Brocken sind im Handelsbezirk runtergekommen. Außer einem

Vermögen an eingelagerten Gütern und ein paar Lagerhäusern ist nichts zerstört worden.«

»Das ist nicht die Strafe der Götter«, sagte Fynn. »Das ist einfach eine Naturkatastrophe. Ihr könntet viele von eurem Volk retten, wenn ihr Atlantis verlasst. Schiffe auf dem Meer sind sicher, wenn sie nicht direkt getroffen werden. Zufluchten auf hohen Bergen sind ebenso sicher. Wenn alles vorbei ist, könnt ihr zurückkehren und die Schäden reparieren.«

»Opfergaben bringen deshalb auch rein gar nichts«, sagte Franzi. »Ihr müsst Nifar und ihre Leute aufhalten, weil ihr Opfergang total sinnlos wäre. Und der Opfergang unseres Freundes sowieso!«

»Wir haben nichts mit alldem zu tun«, sagte Fynn. »Aber wenn ihr mit uns zum Hafen hinuntergeht, können wir euch helfen, Nifar zu überzeugen.«

»Ich weiß nicht, was ich tun soll«, stöhnte der Wachführer.

»Der Bursche hat recht, Herr«, sagte einer der Soldaten. Der Wachführer schaute ihn überrascht an. »Verzeihung, Herr.«

»Herr?«, krächzte der Wachführer. »Was soll das mit dem ›Herr‹? Wenn wir würfeln, nennst du mich beim Vornamen. Wir sind Cousins, du Hornochse!«

»Ja, schon, aber jetzt ist die Lage ernst, und du musst eine Entscheidung treffen. Das ist offiziell.«

Der Wachführer sah sich unter seinen Männern um. »Was meint der Rest?«

Die meisten nickten, ein paar zuckten mit den Schultern.

»Bitte«, wiederholte Franzi. »Hilf uns, dann können wir versuchen, auch euch zu helfen!«

»Meine kleine Schwester gehört zu den Boten«, murmelte einer der Soldaten.

Der Wachführer warf die Arme in die Luft. »Bei allen Göttern, dann soll es so sein! Wenn es ein Fehler ist, werden sie mich verbannen, aber wenn unser Reich untergehen sollte, ist es eh egal!«

Die Freunde sahen sich an. Cornelius atmete schnell. Franzi schluckte und sagte zum Wachführer: »Danke!«

Dann hörten sie wieder ein Brausen und Donnern und fuhren herum. Aus der Richtung, aus der die ersten Meteoriten gekommen waren, rasten neue zerstörerische Flammenspuren heran.

31

Sie rannten die Straße hinunter in Richtung Hafen. Diesmal wurden die Freunde nicht abgeführt. Die Soldaten liefen neben ihnen her. Im Hafen herrschte nun das völlige Chaos. Flüchtende verließen die Stadt in Scharen. Manche hatten nur ihre Kleidung am Leib, andere zerrten Karren hinter sich her. Eltern trugen Kleinkinder auf dem Arm. Esel schleppten mitunter einen halben Hausrat mit sich herum.

Einer der Meteoriten war den anderen weit voraus. Er kam auf einem langen feurigen Kondensstreifen herangerast und senkte sich dabei immer weiter herab. Fynn hatte das Gefühl, er würde genau in die Gebäude am Hafen einschlagen. Seine Beine wollten stehen bleiben, weil es so aussah, als liefen sie direkt in den Einschlag hinein. Doch dann begann sich der glühende Brocken an der Spitze der Feuerspur plötzlich wie rasend um sich selbst zu drehen, Funken sprühten davon, und er zerplatzte mit einem so lauten Donnerknall, dass alles ringsherum vor Schreck aufschrie. Tausende glühende Trümmerstücke wirbelten umher und zerplatzten ihrerseits in immer kleinere Teile. Es sah aus wie das Feuerwerk eines Wahnsinnigen. Die Glut erlosch, Rauchfahnen folgten dem Weg der kleinen und kleinsten Trümmer, die weit vor den Kaianlagen harmlos ins Meer regneten und kleine Wasser- und Dampffontänen verursachten.

»Monster...«, keuchte Lena, die neben Fynn rannte.

»Wir wissen es!«, brüllte Cornelius, völlig außer Atem. »Du brauchst es nicht dauernd zu sagen!«

Die anderen Meteoriten schlugen ebenfalls im Meer ein. Keiner von ihnen erreichte den Hafen oder das Festland, und auch die vorgelagerte Insel blieb verschont. Erneut sah das Wasser zwischen dem Hafen und der Insel wie eine brodelnde Waschküche aus, aus der Gischt hochspritzte und Dampf aufstieg.

»Ich weiß, wo wir hinmüssen«, keuchte der Wachführer.

»Nicht zum Tempel?«, rief Fynn.

»Nein ...«

Es wurde jetzt immer dunkler. Der Abend ging in die Nacht über. In der Hafenstadt loderten an einer Stelle Flammen empor. Jemand musste in der Panik eine Fackel oder eine Ölschale umgeworfen haben, und die hatte etwas entzündet. Sie umrundeten den Hafen, bis sie unten beim Wasser waren, und liefen am Ufer entlang. Mittlerweile keuchten sie alle. Jeder wusste, dass die Zeit drängte, doch allen begannen die Kräfte zu schwinden. Die Soldaten holten genauso mühsam Atem wie die vier Freunde. Schließlich blieb Cornelius stehen.

»Ich kann nicht mehr«, japste er.

»Lauft weiter«, sagte Fynn zu den Soldaten. »Wir bleiben bei unserem Freund.«

Der Wachführer nickte. Für eine Antwort fehlte ihm die Luft. Die Soldaten stolperten voran. Lena und Franzi sanken zu Boden. Fynn stützte die Hände auf die Knie. Cornelius hustete.

»Wo ... ist ... Pierre ... Hanselmann?«, brachte er hervor.

»Keine Ahnung. Auf der Flucht, wie alle?«

»Ich ... frage ... nur ... weil ... da ... draußen ... ein ... einsames Boot ...«

Cornelius konnte nicht mehr weitersprechen. Fynn richtete sich erschrocken auf. In der Dunkelheit kaum sichtbar schaukelte ein Ruderboot im aufgewühlten Hafenbecken. Eine einzelne Person saß darin. Mehr war nicht zu erkennen. Die Person stemmte sich in die Riemen. Das Boot war mitten im Hafen, aber die wild tanzenden Wellen ließen es nicht recht vorwärtskommen. Fynn war sicher, dass es Pierre Hanselmann war.

»Ihm muss klargeworden sein, dass uns die Zeitmaschine auf der Insel abgesetzt hat!«, rief er. »Wahrscheinlich hat er von der Besatzung der Salaminia erfahren, dass die uns aufgenommen haben. Er brauchte ja nur rumzufragen. In dem Chaos hat sich sicher auch keiner was dabei gedacht ...«

Cornelius richtete sich ächzend auf. »Hinterher!«

Fynn und Franzi tauschten einen Blick. Was sollten sie nur tun? Wenn sie Pierre nicht aufhielten, würde sich der schurkische Erfinder mit der Zeitmaschine auf und davon machen. Dann wären sie für immer verloren. Aber gleichzeitig konnten sie Vidocq auf keinen Fall im Stich lassen.

»Monster-Monster-Monsterkacke!«, schrie Lena und sprang auf die Füße. »Ihr haltet Pierre auf, ich rette Vidocq!« Sie rannte den Soldaten hinterher.

»Nein, Lena!«, rief Fynn. »Wir dürfen nicht voneinander getrennt werden! Lena!« Er rannte ihr nach, dann blieb er stehen. Du lieber Himmel. Was sollte er nur tun?

»Sie hat recht!«, rief Franzi ihrem Bruder zu, aber auch sie stand unschlüssig da.

Cornelius schaute von einem zum anderen, noch immer außer Atem und besorgt, weil die Zwillinge so ratlos waren.

Das aufgewühlte Wasser im Hafenbecken beruhigte sich. Mit steigender Geschwindigkeit entfernte sich das kleine Ruderboot vom Ufer. Es hielt auf die Insel zu. Wenn Pierre Hanselmann die Zeitmaschine vor ihnen erreichte, war alles verloren. Und es sah ganz danach aus, als würde genau das passieren.

32

»Wofür ist eigentlich dieser Hebel hier da?«, fragte Bernadette Jaeckel.

Edgar Hanselmann spähte über seine Lesebrille hinweg, dann durch sie hindurch. Er hatte keine Ahnung. Mit einem vor Nervosität zitternden Finger fuhr er die handgeschriebene Gebrauchsanweisung der Maschine auf und ab. »Das steht hier irgendwo ...«, murmelte er.

»Nein, das steht da nirgends«, sagte Bernadette. »Sie haben mir die Anleitung übersetzt, und ich habe mir alle Knöpfe und Räder gemerkt, um die es ging. Ich bin nämlich nicht verkalkt, wissen Sie! Über diesen Hebel steht da nichts drin.«

»Niemand hat gesagt, dass Sie verkalkt wären.«

»Oh doch, ich hab Sie murmeln hören! Taub bin ich nämlich auch nicht.«

»Ich sagte: verrückt. Nicht: verkalkt«, erklärte Hanselmann mit verletzter Würde.

»Das ist auch nicht besser. Und ich weiß, was ich gehört habe.«

»Ich weiß, was ich gesagt habe.«

»Dann sagen Sie mir, wofür dieser Hebel hier da ist.«

Sie näherten sich beide dem Hebel, um ihn genauer unter die Lupe zu nehmen. Dabei stießen sie mit den Köpfen zusammen.

»Aua!«, sagte Hanselmann. Seine Brille war ihm von der Nase gerutscht und baumelte jetzt an ihrem Kettchen um seinen Hals.

Bernadette setzte sie sich grummelnd auf. »Das Licht ist so schlecht hier«, konnte Hanselmann verstehen. »Ich brauch zwar eigentlich keine Brille, aber mit dem schlechten Licht und allem …« Sie schob sich die Brille auf die Nase und ging ganz nahe an den Hebel heran. Er saß in einem metallenen Rahmen, auf dem ein Muster eingeprägt war. Bernadette ging noch näher heran.

»Was heißt Tschammo in villi?«, fragte sie.

»Was soll das sein?«

»Na, Französisch. Da steht doch alles auf Französisch.«

»Wo?«

»Auf der Maschine, Sie Schnellmerker! Auf dem Metall rund um den Schlitz, in dem der Hebel steckt, ist was eingraviert. Sie haben wohl gedacht, das sei bloß ein hübsches Muster, was?«

»Natürlich nicht. Ich konnte es nur nicht lesen, weil es so klein geschrieben ist …«

»Was heißt jetzt Tschammo in villi?«

»Das ist nicht Französisch.«

»Steht da aber!«

»Buchstabieren Sie mir das.«

Bernadette buchstabierte die Worte. Sie fügten sich zu »Jumeau en veille« zusammen.

»Das spricht man Schümoh ong vej aus!«

»Hab ich doch gesagt. Und was heißt das?«

»So viel wie Zwilling im Stand-by-Modus.«

Hanselmanns Unterkiefer klappte herunter. »Ich werd verrückt!«

»Was soll das denn bedeuten?«

»Mit diesem Hebel kann man das Spiegelbild der Zeitmaschine in Stand-by schalten. Oder daraus wieder erlösen! Und wozu soll das gut sein? Na klar – um zu verhindern, dass die Maschine am dritten Neumondtag automatisch wieder zurückkehrt! Wenn zwei Partner zusammenarbeiten, einer hier, der andere an dem Ort, an den das Abbild der Zeitmaschine gereist ist, dann können sie die Programmierung auf diese Weise aushebeln.«

»Wussten Sie das denn bisher nicht?«

»Über den Hebel stand nichts in der Anleitung.«

»Sie hätten nur genau hinsehen müssen. Der Hellste scheinen Sie mir ja nicht gerade zu sein.«

»Kommt es eigentlich manchmal vor, dass Ihr Motorrad voller Panik allein wegfährt, wenn Sie sich ihm nähern?«

»Nein«, sagte Bernadette, und diesmal klang sie ein wenig verschnupft. »Dafür kommt es vor, dass ich an Hebeln ziehe, deren

Wirkungsweise mir nicht ganz klar ist. Ich hab aber das Gefühl, das hier kommt einem Reset der Maschine noch am nächsten.« Sie streckte die Hand aus.

»Nein!«, rief Hanselmann.

Aber es war bereits zu spät.

33

»Hey!«, schrie eine Stimme. »Hey!«

Die Uferstraße führte um einen Klippenvorsprung herum. Um diesen kam jetzt, mit wehendem Hemd, der junge Vidocq gelaufen. Lena war ihm auf den Fersen. Zuerst sah es so aus, als würde sie ihn verfolgen, doch dann erkannte Fynn, dass sie nur gemeinsam so schnell wie möglich zu ihnen liefen. Mit offenem Mund starrten die drei Freunde die beiden an.

»Worauf wartet ihr?«, rief Vidocq und rannte an ihnen vorbei. »Wollt ihr zusehen, wie der Schuft sich die Zeitmaschine unter den Nagel reißt?« Sie sahen ihm hinterher. Der Franzose lief einfach weiter. Er wedelte mit den Armen und schrie: »Kommt schon, kommt schon!«

Franzi fing die keuchende Lena ab. »Was ist denn jetzt los?«

»Keine Ahnung. Er kam mir schon entgegengerannt. Alles, was ich ihm gesagt habe, war, dass Pierre uns die Zeitmaschine klauen will. Da hat er auf einmal Gas gegeben. Krass. Oder ritz.

Ich weiß es auch nicht.« Auf einmal umarmte Lena ihre Freundin. »Ich bin so froh, dass ihm nichts passiert ist!«

»Weiß er, wer Pierre Hanselmann ist? Wenn er von ihm erfährt, bevor er ihn in Wirklichkeit trifft, dann kommt der gesamte Zeitablauf durcheinander!«, rief Cornelius besorgt.

»Mensch, Alter«, gab Lena zurück. »Das können wir doch eh nicht verhindern, oder? Und vielleicht macht er sich ja später nur deswegen auf die Suche nach ihm oder findet ihn leichter, weil er sich daran erinnert, dass er schon mal was von ihm gehört hat. Verstehst du?«

»Äh …?«, machte Cornelius. Es war so selten, dass der schlaue Cornelius einmal etwas nicht verstand, dass die Freunde trotz der Lage lachen mussten.

»Wie ist Vidocq Nifar und ihren Boten entkommen?«, fragte Fynn.

»Keine Ahnung. Aber das können wir ihn später immer noch fragen. Jetzt sollten wir uns lieber beeilen.«

Sie sammelten ihre letzten Energien und folgten dem künftigen Detektiv, so schnell sie konnten. Der war schon bei den ersten Häusern der Hafenstadt angekommen und verschwand gerade in einer Gasse.

Bei den Kaianlagen fanden sie ihn wieder. Die Wellen, die von den Einschlägen der Meteoriten ins Wasser ausgelöst worden waren, hatten offensichtlich nicht nur die kleineren Boote beschädigt. Ein Kriegsschiff schien so heftig gegen die Ufermauer geschmettert worden zu sein, dass es gesunken war. Nur noch der

Mast ragte aus dem flachen, trüben Hafenwasser. Die Besatzung stand mit hängenden Köpfen am Kai.

Vidocq redete mit Händen und Füßen auf Hiram, den Steuermann der Salaminia, ein. Die Salaminia dümpelte unbeschädigt neben dem gesunkenen Schiff auf dem Wasser.

»Da seid ihr ja endlich!«, rief Vidocq den Freunden zu. »So langsam, wie ihr lauft, sollte man nicht glauben, dass es um euren Kopf und Kragen geht. Der Mann hier versteht nicht, was ich sage. Erklärt ihr es ihm!«

»Und was sollen wir ihm sagen?«, fragte Fynn.

»Dass die Salaminia sofort hinter Pierre herjagen und ihn aufhalten soll. Mit einem Ruderboot schnappen wir den Kerl nie. Aber die Salaminia hat drei Reihen Ruder!«

Vidocq hatte recht! Fynn wandte sich aufgeregt an Hiram. Aber der schüttelte nur den Kopf. »Die Salaminia untersteht der Hafenkommandantur, also dem Feldherrn Harimmab. Solange ich keinen Befehl zum Auslaufen bekomme ...«

»Aber Azimilkos ist doch der Schiffsherr!«

Hiram wies mit verächtlicher Miene auf den leeren Thron des Schiffsherrn auf dem erhöhten Achterdeck. »Azimilkos ist quietschend wie ein Ferkel davongerannt, als die ersten Feuerfelsen aus dem Himmel fielen. Wenn ihr mich fragt, ist der Nichtsnutz bereits beim zweiten Ringkanal der Hauptstadt angekommen und beschleunigt immer noch.«

»Dann hast du keinen Herrn mehr, der dir Befehle gibt.«

»Doch«, sagte Hiram stur. »Feldherr Harimmab.«

»Meine Güte, Alter!«, rief Lena. Sie deutete auf das versunkene Nachbarschiff. »Willst du, dass die Salaminia so endet wie der Kahn dort? Wenn die nächste Sturzwelle kommt, zerdeppert sie dein Schiff an der Hafenmauer wie nichts. Wenn du mit der Salaminia draußen auf dem Meer bist, kann ihr nichts passieren. Sie wird die Welle reiten, das ist alles.«

Die Kinder starrten Lena überrascht an. »Was?!«, rief sie. »Glaubt ihr vielleicht, ich passe nie auf? Ich hab genau zugehört, was dieser verflixte Pierre gesagt hat!«

»Ich brauche keine rotzfreche Landrattengöre, um mir zu sagen, was ich ohnehin weiß«, entgegnete Hiram. Doch er grinste.

»Aber du brauchst die Göre, um dir in deinen sturen Hintern zu treten!«

»Jetzt ist es aber genug, Lena!«, murmelte Fynn. »Das ist ein Erwachsener!«

»Das macht ihn nicht automatisch schlauer!«

Hiram schaute in den im Westen roten, im Osten schon dunkelgrau werdenden Himmel. Er kratzte sich am Kopf. Dann schossen auf einmal eine Reihe von Befehlen aus ihm heraus, die diejenigen seiner Matrosen, die an Land gegangen waren, wie die Eichhörnchen aufs Schiff zurückklettern ließen. Die anderen, die auf der Salaminia geblieben waren, begannen das Schiff seeklar zu machen. Er nickte den Freunden und Vidocq zu. »An Bord mit euch, aber fix!«

»Danke!«, sagte Fynn.

»Und was höre ich von der vorlauten Landrattengöre?«

»Wurde Zeit, dass dir jemand in den Hintern tritt«, sagte Lena selbstbewusst. Sie hob die Faust und hielt sie Hiram hin. Die anderen hielten die Luft an. Hiram zögerte, dann stieß er mit seiner Faust dagegen.

»Habe nichts anderes von dir erwartet«, sagte er.

Lena nickte, dann stellte sie sich auf die Zehenspitzen und gab Hiram einen Kuss auf die Wange. Die Matrosen lachten und pfiffen. Hiram scheuchte sie mit großem Gebrüll zurück an die Arbeit, doch die Freunde sahen ihn verstohlen lächeln.

Wenig später lief die Salaminia vorsichtig um das gesunkene Schiff herum aus. Als der Abstand groß genug war, wurden die Riemen weit aus den Ruderlöchern gesteckt. Sie tauchten ins Wasser. Fast konnte man glauben, die Salaminia würde Luft holen vor der Anstrengung, die ihr bevorstand.

»Haaaalt!«, brüllte jemand am Kai. »Sofort zurückkommen!«

34

Ein Mann stand mit einer hocherhobenen Fackel am Kai und winkte ihnen zu.

»Wer ist das?«, fragte Fynn bestürzt.

»Das ist Azimilkos!«, stieß Hiram erbittert hervor. »Der Feigling ist zurückgekommen. Wahrscheinlich fand er es in der Hauptstadt noch gefährlicher als hier.«

»Hiram, du Narr!«, brüllte der Schiffsherr und sprang vor Wut auf der Stelle auf und ab. »Wer hat dir befohlen, abzulegen? Bring das Schiff sofort an Land!«

Hiram ballte die Fäuste. »Ich muss ihm gehorchen.«

»Nein, sag ihm, dass du das Schiff in Sicherheit bringst und am Morgen zurückkehrst, wenn die Gefahr vorbei ist.« Fynn sah den Schiffsführer drängend an.

»Wer sagt, dass die Gefahr am Morgen vorbei sein wird?«, fragte Hiram.

»Keiner, aber das weiß er ja nicht.«

Hiram brüllte es zum Kai hinüber. Die Riemen hatten aufgehört, das Schiff aus dem Hafenbecken zu treiben. Die Ruderer hielten es mit winzigen Bewegungen auf der Stelle.

»In Sicherheit?«, schrie Azimilkos mit sich überschlagender Stimme. »Sicherheit gibt es nur an Land!«

»Und so was ist ein Kapitän«, sagte Franzi fassungslos.

»Was ist los?«, fragte Vidocq.

Cornelius erklärte es ihm, während Azimilkos immer wütender am Kai herumtanzte und brüllte, dass er dafür sorgen würde, dass Hiram nie wieder einen Fuß auf ein Schiff setzen durfte, wenn er die Salaminia nicht sofort zurückbrachte.

»Sag ihm Folgendes«, stieß Vidocq hervor und raunte Cornelius etwas zu. Cornelius grinste.

Dann zeigte er voller Panik auf eine Stelle über Azimilkos und schrie aus Leibeskräften: »Ein Feuerfelsen direkt über dir! Gleich schlägt er ein!«

Azimilkos warf die Fackel weg und sprang mit einem Riesensatz in das Hafenbecken. Sie hörten ihn vor Furcht quietschen, bis er ins Wasser platschte. Gleich darauf kam ein blubberndes »Ich kann nicht schwiiiimmeeenn!« aus seiner Richtung. Zwei Matrosen des gesunkenen Kriegsschiffs sprangen hinterher, um ihn zu retten.

Fynn wandte sich an Hiram, doch der brauchte keine Aufforderung.

Er packte den ihm am nächsten stehenden Matrosen am Arm und rief: »Bei all dem Lärm habe ich nicht verstanden, was Azimilkos vorher gerufen hat! Du?«

Der Matrose kapierte sofort. »Ich glaube, er wollte, dass wir mit der Salaminia aufs Meer hinausfahren!«

»Ja, das klang mir auch so. Auf, ihr faulen Kerle – lasst unserer Schönen Flügel wachsen!«

»Eine überzeugende Vorstellung, Schlaumeier«, sagte Vidocq und klopfte Cornelius anerkennend auf die Schulter.

»Ja«, erwiderte Cornelius. »Mit Panik kenn ich mich aus.«

35

Es war ein bizarres Rennen durch die Dunkelheit. Die Meerenge zwischen dem Hafen und der Insel war ein verwirrendes Muster aus Gold, wo die Wellen das letzte Licht des Sonnenuntergangs reflektierten, und tiefblauen Schatten. Noch während die Salaminia aus dem Hafenbereich glitt, verschwand auch das Gold, und das Meer war eine dunkelgraue Fläche, in der keine Konturen auszumachen waren.

Die Insel vor ihnen erhob sich wie ein gewaltiger schwarzer Buckel gegen einen Himmel, auf dem die ersten Sterne aufleuchteten. Wo genau Pierre Hanselmann gerade steckte, konnte keiner sagen. Die Salaminia nahm Kurs auf die Insel.

»Wie haben Sie es eigentlich geschafft, Nifar und ihren Anhängern zu entkommen?«, fragte Fynn.

Kaum hatte Fynn diese Frage gestellt, sprudelte es nur so aus Vidocq heraus. Er war immer noch empört. »Die wollten sich opfern!«, rief er. »Und mich mit dazu! Lauter Wahnsinnige!«

»Was ist passiert?«, fragte Lena. Fynn fiel auf, dass sie Vidocq nicht wie sonst beschimpfte, sondern geradezu an seinen Lippen hing.

»Nifar und ihre Gruppe von Irren nahmen mich mit raus aus der Stadt, kurz bevor die ersten Meteoriten runterkamen. Ich dachte, sie wollten sich alle in Sicherheit bringen. Wir kamen an eine kleine Bucht, und da stellten sie sich auf einmal alle in einer Reihe auf, erklärten mir, ich sollte mich dazustellen, und dann ...« Vidocq schüttelte den Kopf vor Fassungslosigkeit, »... dann zückte Nifar ein Messer und begann zu reden, und mir wurde klar, dass sie alle der Reihe nach abmurksen wollte, als Vorletzten mich und dann sich selbst ... und dass diese Idioten alle damit einverstanden waren!«

»Was haben Sie dann getan?«

»Ich hab ihr das Messer abgenommen und so vielen von den Jungs Verstand in die Birne gehämmert, bis der Rest ...«

»... aufgab!«, seufzte Lena bewundernd.

»... sich gemeinsam auf mich stürzte«, sagte Vidocq. »Da gab ich Fersengeld. Ich dachte mir, wenn die so versessen darauf sind, diese Welt zu verlassen, wer bin ich, dass ich sie noch weiter aufhalten muss? Es war ja nicht so, dass ich's nicht versucht hätte.«

»Sie sind einfach weggelaufen?«, fragte Lena ungläubig.

»Keine Sorge, ich hab das Messer ins Meer geworfen.«

»Nifar oder jemand von den anderen hätte ein zweites Messer haben können, und dann ...« Lena fiel aus allen Wolken. Wie konnte man nur so verantwortungslos sein? Wie konnte Vidocq, der so heldenhaft ausgesehen hatte, als er in die Stadt gerannt war, um Pierre Hanselmann aufzuhalten, so verantwortungslos sein?! »Das ist doch monsterkrass!«, sagte sie und hätte am liebsten gleichzeitig vor Wut mit den Zähnen geknirscht – und geweint. Sie stand auf und stapfte ans andere Ende des Schiffs.

»Was hab ich denn jetzt wieder angestellt?«, erkundigte sich Vidocq.

Franzi ignorierte seine Frage. Stattdessen sagte sie: »Während Sie flohen, kamen Ihnen schon die Soldaten entgegen und dann Lena, richtig?«

»Richtig. Ich bin sicher, die Soldaten haben verhindert, dass die Narren sich was antaten. Wenn ich es richtig mitbekommen habe, war eines der Mädchen die Schwester eines der Soldaten.«

»Und ich glaube, der Wachführer empfindet nicht bloß Respekt für Nifar«, sagte Franzi.

Cornelius nickte wissend. »Ich hatte auch das Gefühl, dass sie ihn total nervt.«

Vidocq sah die Zwillinge nacheinander an und zog eine Augenbraue hoch. Franzi zuckte mit den Schultern. »Richtig geraten, Schlaumeier«, sagte Vidocq dann und klopfte Cornelius freundlich auf die Schulter.

»Hab ich was Falsches gesagt?«, fragte Cornelius.

»Alles super, Cornelius«, sagte Fynn und unterdrückte ein Grinsen.

Der Ausguck der Salaminia, der auf den Mast geklettert war, rief auf einmal zu ihnen herunter: »Licht auf der Insel!«

Sie beugten sich so weit über den seitlichen Rand des Schiffs, dass sie nach vorn sehen konnten. Tatsächlich. In der absoluten Dunkelheit des riesigen Buckels war ein goldenes Licht aufgeflammt und bewegte sich langsam und in ruckartigen Sprüngen nach oben – eine Fackel, die jemand trug, der so schnell wie möglich von Fels zu Fels hüpfte, um nach oben zu gelangen.

Pierre Hanselmann hatte sie abgehängt.

»Verdammt!«, knurrte Vidocq.

»Woher weiß er, dass die Zeitmaschine oben in dem Krater ist?«, rief Cornelius.

»Das weiß er nicht. Aber er muss eine Ahnung haben, wo die Zeitmaschine auftauchen würde. Er hat sie schließlich erfunden.« Sie drehten sich um. Lena stand da und vermied es, Vidocq auch nur anzuschauen. »So sehe ich das zumindest«, bekräftigte sie.

»Ritz«, sagte Fynn.

Franzi rief: »Hiram, wie lange dauert es noch, bis wir die Insel erreichen?«

»Zehn Minuten.«

»Oh Mann«, sagte Cornelius.

»Wir kommen zu spät«, sagte Fynn.

»Monsterkacke«, sagte Lena, fast schon wieder die Alte.

»Wir haben erst verloren, wenn wir verloren haben!«, verkündete Vidocq.

»Was soll der blöde Spruch?«, fragte Lena.

»Keine Ahnung. Aber er ist wahr, oder nicht?«

Der Herr der Zeitmaschine

36

Sie mussten ins flache Wasser springen, weil die Salaminia nicht aufs Ufer auflaufen konnte. Hiram ließ ihnen Fackeln reichen. Dann machten sie sich daran, durch die Finsternis nach oben zu klettern. Ganz oben leuchtete der Lichtpunkt von Pierres Fackel. Er war schon fast am Krater. Eigentlich gab es keine Hoffnung, doch sie machten sich trotzdem auf den Weg. Das Licht, das die Fackeln ihnen gaben, war dürftig, und der Rauch biss ihnen in den Augen.

Einmal raste ein Feuerschweif über den Himmel, mit dem typischen Brausen und Donnern, das die Meteoriten verursachten. Sie duckten sich und verfolgten den Weg des Meteoriten mit den Augen. Er stürzte harmlos ins Meer. Sie hörten das Wasser wild aufspritzen und den Dampf zischen.

»Dem Schuft geht die Puste aus«, triumphierte Vidocq. »Seht nur – seine Fackel bewegt sich nicht mehr weiter. Ich wette, er liegt zwischen den Felsen, und die Zunge hängt ihm einen Meter weit raus.«

Als sie näher kamen, sahen sie, dass die Fackel in der Deckung von ein paar Felsbrocken brannte. Sie vermuteten, dass Pierre sich dahinterkauerte.

Wäre es nicht so dunkel gewesen, hätten sie den Fackelschein von unten gar nicht gesehen.

»Ich stürze mich auf ihn«, flüsterte Vidocq. »Fynn, du schleichst dich dort rechts rüber und kommst aus der Dunkelheit angerannt, wenn du mich rufen hörst. Cornelius, du machst das Gleiche von der linken Seite. Ich gebe euch genügend Zeit, auf eure Positionen zu gelangen. Alles klar?«

»Was ist mit uns?«, fragte Franzi.

»Ihr wartet hier, falls er uns doch entwischt und abhauen will. Dann bringt ihr ihn zu Fall.«

»Gut.«

Sie nickten sich zu. Fynns Herz schlug bis zum Hals, als er nach rechts zwischen die Felsen verschwand. Er wand sich zwischen wuchtigen Blöcken hindurch, bemüht, nicht zu laut zu atmen oder andere Geräusche zu machen. Endlich war er so nahe an dem Lichtschein, wie er es sich zutraute. Er würde nur über den Felsblock direkt vor sich klettern müssen, um Vidocqs Ruf zu folgen, und ...

»Haaaaiiiiyya!«, brüllte jemand durch die Finsternis.

»*Ich gebe euch genügend Zeit*«, murmelte Fynn, während er hastig über den Felsen krabbelte. Typisch Vidocq! Er schaffte es sogar, seine eigenen Pläne zu vermasseln. Mit diesen Gedanken kletterte Fynn über den Felsblock. Ohne lange zu überlegen, sprang er herunter, um Vidocq gegen Pierre beizustehen.

Aber da war kein Pierre. Nur eine einsam flackernde Fackel steckte im Sandboden zwischen den Felsen. Vidocq – noch immer in einer Art Kampfhaltung, die Fäuste zum Angriff erhoben – sah sich um.

»Wo ist der Kerl?«, fragte er.

»Wo ist Cornelius?«, fragte Fynn.

»Ich bin hier«, erklang eine gepresste Stimme aus der Dunkelheit. »Es tut mir leid. Er hat mich geschnappt.«

»Hau ihm eins über den Schädel!«, rief Vidocq. »Du bist doch größer als er!«

»Er hat ein Messer«, stöhnte Cornelius.

»Und die Klinge sitzt direkt an seiner Kehle«, erklärte Pierre Hanselmann höhnisch.

37

Die Freunde und Vidocq befolgten Pierres Befehl, sich in seinem vermeintlichen Versteck zu versammeln. Dann tauchte er auf dem Felsen, von dem Vidocq heruntergesprungen war, aus der Dunkelheit auf. Er schob Cornelius vor sich her und hielt ihm ein Messer an den Hals. Die Klinge blitzte im Fackellicht. Hinter Cornelius' Umrissen war der Erfinder fast nicht zu sehen.

»Er hat uns reingelegt«, sagte Lena bitter.

»Ja. Er hat wohl doch nicht geahnt, wo die Zeitmaschine versteckt ist«, seufzte Fynn.

»Nein, er hat uns eine Falle gestellt und auf uns gewartet, damit wir ihn hinführen«, sagte Franzi.

Eine Ladung Seile plumpste auf den Boden. »Du – Franzi«, befahl Pierre Hanselmann. »Fessle allen die Hände auf dem Rücken. Mit Vidocq fängst du an. Mach es richtig, ich überprüfe es! Du willst nicht, dass ich sauer auf dich bin!«

Franzi befolgte seinen Befehl. Als sie fertig war, stieg Pierre Hanselmann mit Cornelius vom Felsen herunter. Er wies Franzi an, sich ihm so weit zu nähern, dass Cornelius ihr die Hände auf dem Rücken fesseln konnte. Franzi zuckte zusammen und sog die Luft ein. »Autsch, das ist zu fest!«

»Entschuldigung«, murmelte Cornelius. Er lockerte den zu fest gezogenen Knoten, als Pierre ihm einen ungeduldigen Stoß in den Rücken gab und »Na mach schon, Tollpatsch!« knurrte. Danach musste Cornelius sich auf den Boden knien, und Pierre fesselte ihn. Erst dann trat der Erfinder erleichtert zurück.

»So gefällt mir das«, sagte er zufrieden. »Und jetzt – lasst uns keine Zeit verlieren. Ich sage euch, wie es geht. Ihr bringt mich zur Zeitmaschine. Auf dem kürzesten Weg. Versucht ihr irgendwelche Tricks, wird es einer von euch büßen. Seht ihr das Messer hier? Und denkt bloß nicht, ich hätte Skrupel, weil vier von euch Rotznasen sind. Auf geht's!«

Sie hatten keine Wahl.

Niedergeschlagen trotteten sie vor Pierre her. Der hielt noch immer Cornelius am Kragen und bedrohte ihn mit dem Messer.

Es war schwierig, mit gefesselten Händen über das unebene Terrain zu gehen, noch dazu bei Dunkelheit. Das einzige Licht kam von der Fackel, die Pierre hielt. Die anderen hatte er gelöscht. Franzi dachte an Hiram auf der Salaminia und ob er sich darüber wunderte, dass statt insgesamt sechs Fackeln jetzt nur noch eine brannte. Aber selbst wenn er es tat, würden er und die Matrosen es niemals rechtzeitig bis hier oben schaffen. Sie fühlte, wie Angst und Verzweiflung in ihr aufstiegen. Ihre Gedanken rasten ziellos in ihrem Kopf umher. Das machte sie unaufmerksam und schwach. Als sie über einen Stein stolperte, ging sie in die Knie. Unwillkürlich versuchte sie, ihre gefesselten Hände nach vorn zu bringen, um sich abzustützen …

Der Knoten an ihrer Handfessel löste sich so leicht wie ein schlecht geknüpftes Schuhband.

Cornelius! Sie hätte ahnen müssen, dass in Cornelius' Kopf, der mit allem möglichen Kram vollgestopft war, auch das Wissen über ein paar trickreiche Knoten steckte. Im letzten Moment fing sie das Seil auf, bevor es auf den Boden fallen konnte.

»Was ist?«, fragte Pierre barsch.

»Nichts passiert«, sagte Franzi und stand auf. Ihre Hände hatte sie weiterhin auf dem Rücken. Wenn Pierre nicht zu genau hinsah, würde er nicht merken, dass sie die Fessel festhielt und nicht umgekehrt.

38

Die Zeitmaschine war unbeschädigt geblieben. Sie stand da, als ob nie etwas geschehen wäre. Ihre Metallteile schimmerten im Sternenlicht. Pierre Hanselmann trieb sie alle auf einer Seite des Kraters zusammen und befahl ihnen, sich in den Sand zu knien. Er hielt noch immer Cornelius am Kragen, aber er hatte nur Augen für das Gerät. Er holte einmal tief Luft und stieß sie wieder aus, wie ein Sträfling, der nach langer Gefangenschaft aus dem offenen Gefängnistor in die Freiheit hinaustritt. »Hallo, Schönheit«, murmelte er.

Franzi hatte sich hinter Vidocq gekniet. Ihr Plan war, den Franzosen von seinen Fesseln zu befreien, sobald Pierre abgelenkt war. Dann sollte dieser sich auf den Erfinder stürzen und ihn unschädlich machen. Franzi hatte nicht viel Zeit.

»Los, geh zu den anderen«, sagte Pierre zu Cornelius und gab ihm einen Schubs. Cornelius stolperte zu seinen Freunden und kniete sich auf den Boden. Hanselmann warf das Messer weg, mit dem er Cornelius bedroht hatte. Es landete in der Nähe der Freunde. Vidocq starrte es hoffnungsvoll an, dann entspannte er sich enttäuscht.

Hanselmann hatte seinen Blick gesehen.

»Ist gar kein Messer, oder?«, sagte er und grinste. Es stimmte. Es war nur ein Stück längliches Metall – der Zierbeschlag einer Truhe. Hanselmann musste ihn in dem Boot gefunden haben, mit dem er herübergerudert war. Er hatte ihn so gehalten, dass er wie ein Messer ausgesehen hatte, und sie waren ihm auf den Leim gegangen. »Wofür haltet ihr mich? Dass ich einem Kind ein echtes Messer an die Kehle setze? Das brächtest du fertig, Vidocq, aber nicht ich.«

»Eines Tages finde ich heraus, woher ich dich kenne, und diesen Tag wirst du bereuen!«, drohte Vidocq.

»Ich bereue ihn schon die ganze Zeit – das ist ja das Vertrackte an Zeitreisen. Aber jetzt wendet sich das Blatt. Jetzt bist du mit Bereuen dran!«

»Hör zu«, sagte Vidocq. »Lass mich zurück, aber nimm die Kinder mit. Sie haben dir nichts getan.« Er zuckte mit den Schultern. »Ich zwar auch nicht, aber sei's drum …«

»Ich reise allein«, sagte der Erfinder. »Befolgt den guten Rat, den ich euch schon einmal gegeben habe. Seht zu, dass ihr mit einem Schiff auf dem offenen Meer seid, wenn der Meteorit einschlägt. Dann habt ihr eine gute Chance, dem Untergang von Atlantis zu entgehen.«

»Für das Messer sind Sie zu zimperlich, aber uns zurücklassen, das bringen Sie fertig!«, rief Lena. »Sie sind ein monsterkrasser Feigling.«

Hanselmann legte den Kopf schief und machte ein betroffenes Gesicht. »Du hältst mich für einen Feigling?«

»Sogar für einen monsterkrassen«, bestätigte Cornelius.

Ein Grinsen löste Pierres gespielt betroffene Miene ab. »Ach, ich glaube, ich kann damit leben, wenn jemand, den ich zehntausend Jahre in der Vergangenheit zurücklasse, eine falsche Meinung von mir hat.«

Der Erfinder schwang sich unter den Ring der Zeitmaschine und begann, an Rädern zu drehen und auf Skalen zu klopfen. Er wirkte wie ein glückliches Kind, das sein Lieblingsspielzeug wiedergefunden hat. Er wischte sogar einen imaginären Staubfleck vom roten Leder des Sofas.

Franzi riskierte es. Sie brachte ihre Hände nach vorn und begann an Vidocqs Knoten zu zerren. Der Franzose zuckte zusammen. »Psssst!«, hauchte Franzi. »Wenn ich den Knoten geöffnet habe, ziehen Sie den Kerl unter dem Ring heraus. Das ist unsere einzige Chance. Klar?«

Vidocq nickte. Lena und Fynn beobachteten Franzis Bemühungen mit aufgerissenen Augen. »Beeil dich, Alter!«, wisperte Lena aufgeregt.

Nur Cornelius hatte seine Aufmerksamkeit auch auf Hanselmann und die Zeitmaschine gerichtet. Als Vidocqs Fesseln fielen und dieser aufspringen wollte, flüsterte Cornelius: »Warten Sie!«

Hanselmann legte die Hand auf den großen Steuerhebel der Zeitmaschine. Mit der anderen Hand winkte er ihnen zu. »Auf Nimmerwiedersehen!«, sagte er fröhlich und legte den Hebel um.

Lena schrie auf.

Die Zeitmaschine schimmerte.

Die Zeitmaschine summte.

Die Zeitmaschine verschwand.

39

Nein, das hatte Lena sich nur eingebildet.

In Wahrheit geschah überhaupt nichts. Die Zeitmaschine stand da wie bisher, die Metallteile glänzend im Sternenlicht, das Rot des Sofas dunkel leuchtend. Hanselmann schob den Hebel zurück und versuchte es noch einmal. Keine Reaktion.

»Das gibt's doch nicht!«, rief er. »Was habt ihr mit dem Ding gemacht, verdammt noch mal!?«

»Vielleicht ist der Akku leer?«, sagte Cornelius aufgekratzt. Er war der Einzige, der gesehen hatte, dass die Zeitmaschine nicht in Betrieb war. Normalerweise schimmerte sie von sich aus, und die Luft innerhalb des Rings waberte wie über einer Kerzenflamme. Jetzt aber wirkte die Zeitmaschine völlig leblos. Er wusste nicht, warum das so war, aber es bedeutete, dass Hanselmann nicht damit würde fliehen können. Sie hatten also noch eine Chance!

Hanselmann schrie vor Wut auf. Er wand sich unter dem Ring hervor und drehte ihnen den Rücken zu, um in rasender Hast alle möglichen Schalter und Hebel zu bedienen.

»Jetzt!«, schrie Cornelius.

Vidocq sprang auf. Hanselmann wirbelte herum. Vidocq hüpfte mit Riesensätzen auf ihn zu. »Du bist erledigt, du Mistkerl!«, brüllte er siegessicher und schwang die Fäuste. Hanselmann duckte sich entsetzt.

Vidocq trat auf einen losen Stein.

Sein Fuß rutschte weg.

Er fiel nach vorn und knallte mit dem Kopf gegen den wuchtigen Ring der Zeitmaschine.

Mit einem Seufzer sackte er in sich zusammen und blieb auf dem Boden liegen.

Hanselmann starrte seinen reglosen Körper an. Die vier Freunde starrten ebenfalls. Franzi konnte es nicht fassen. Fynn wünschte sich, Franzi hätte *seine* Fesseln gelöst. Lena fühlte sich, als würde sie in einen Abgrund fallen. Und in Cornelius' Hirn war nichts als entsetzte Leere.

Hanselmann gab dem still daliegenden Vidocq einen vorsichtigen Tritt. »Dass aus dir tatsächlich mal was wird ...«, brummte er und schüttelte den Kopf. Dann schritt er über ihn hinweg und auf die Kinder zu. »Also gut. Ich hab zwar kein Messer, aber ich bin stärker als ihr, und wenn ihr mir nicht sofort sagt, warum die

Maschine nicht funktioniert, dann wird es euch wirklich, wirklich leidtun!« Er ballte die Fäuste und fletschte die Zähne.

Franzi stürzte sich auf Cornelius und riss an seinen Fesseln. Er war zwar der Furchtsamste, aber auch der Kräftigste von ihnen. Er war der Einzige, der es vielleicht mit Hanselmann aufnehmen konnte.

Hanselmann sah, was Franzi vorhatte, und begann zu rennen.

40

KLICK.

Bernadette Jaeckel legte den Stand-by-Schalter in die Ausgangsstellung zurück und hob die Arme wie ein Zauberer auf der Bühne. »Simsalabim – fahr wieder hoch, du Krücke!«

Nichts tat sich.

»Hm«, sagte Bernadette.

KLICK.

»Hokuspokus!«

Kein Ergebnis.

KLICKKLICKKLICK.

»Abrakadabra?«

Nichts.

Cornelius' Großmutter trat einen Schritt zurück. »Herrje, was ist das Ding für eine Fehlkonstruktion!«, sagte sie.

Zum ersten Mal glaubte Edgar Hanselmann, echte Besorgnis in ihrer Stimme zu hören.

»Kein Reset?«, fragte er, halb ärgerlich, halb ängstlich. Wenn sie nun die Kinder nicht mehr zurückholen konnten ... Wenn sie zehntausend Jahre in der Vergangenheit gestrandet waren ... Für immer! Ihm wurde übel. »Ich hab Ihnen doch gesagt, dass Sie nichts anfassen sollen!«

Bernadette schaute auf die Uhr. »Genau eine Stunde sind sie jetzt überfällig, verdammt!« Sie holte aus und gab der Zeitmaschine einen heftigen Tritt. »Wenn du die Kinder nicht auf der Stelle wieder zurückbringst, kommst du auf den Schrotthaufen!«, drohte sie.

Die Zeitmaschine erwachte zum Leben.

41

Mit einem Summen sprang die Zeitmaschine plötzlich an. Sie begann zu schimmern. Die Luft innerhalb des Rings waberte.

Hanselmann bremste ab und fuhr herum. Seine Augen leuchteten auf. Einen Augenblick lang zögerte er, aber dann wandte er sich von den Kindern ab und stürzte zur Zeitmaschine zurück. Franzi ließ von Cornelius' Fesseln ab, sprang auf und lief ihm nach, in der Hoffnung, den Erfinder irgendwie aufzuhalten.

Vom Himmel ertönte wieder das bekannte Brausen und Donnern der herabfallenden Meteoriten. Die anderen legten die Köpfe in den Nacken. Vier, fünf, sechs, sieben Feuerstreifen mit glühenden Brocken an der Spitze rasten heran. Diesmal sah es so aus, als würden sie direkt auf die Insel stürzen.

Hanselmann sprang über den reglosen Vidocq und machte sich daran, unter den Ring zu krabbeln. Franzi rannte, was das Zeug hielt. Sie ahnte, dass sie zu spät kommen würde.

Da hielt der Erfinder plötzlich inne, den Kopf schon unter den Ring geduckt. Er sah an sich hinab. Und bemerkte eine Faust, die sich in den Saum seines Chitons gekrallt hatte. Er blickte weiter und sah in die Augen von Eugène Vidocq.

Mit aller Kraft riss der Franzose den Erfinder von der Zeitmaschine weg. Hanselmann fiel rücklings zu Boden. Vidocq kam taumelnd auf die Beine. Auf seiner Stirn prangte eine blutunterlaufene Beule. Er stolperte auf Hanselmann zu und streckte die Arme nach ihm aus.

Hanselmann rappelte sich auf und wich Vidocq aus. Der künftige Detektiv taumelte ins Leere. Hanselmann stellte ihm ein Bein und gab ihm einen Tritt in den Hintern. Vidocq fiel nach vorn und landete sand- und staubaufwirbelnd zwischen den Felsen.

Hanselmann wandte sich ab, um wieder zur Zeitmaschine zu eilen.

Franzi holte Schwung, sprang und flog durch die Luft.

Und prallte hart mit Hanselmann zusammen. Beide fielen zu Boden. Franzi wurde die Luft aus den Lungen getrieben. Sie konnte nicht mehr aufstehen.

Die ersten beiden Meteoriten donnerten über die Insel hinweg, so nahe, dass die Freunde die Hitze spürten, die von ihnen ausging. Zwei Windkanäle wie Tornados folgten ihnen, rissen den Sand in die Höhe, ließen die Zeitmaschine wanken und peitschten ihnen ihre Haare und den Staub ums Gesicht. Auf einmal war es im Krater trüb wie im Nebel.

Hanselmann sprang auf die Beine. Er hustete. Halb blind tastete er um sich. Seine Hand fand die Zeitmaschine und hielt sich an ihr fest. Er schrie triumphierend.

In diesem Moment kam Vidocq aus dem Staubnebel heraus und rannte in Hanselmann hinein wie ein wild gewordener Stier. Er packte den Erfinder an den Hüften und hob ihn hoch. Sein eigener Schwung sorgte dafür, dass er Hanselmann vor sich her-

trug. Der Erfinder wand sich und trommelte mit den Fäusten auf Vidocqs Rücken. Gemeinsam stießen sie gegen den Rand des Kraters, Hanselmann voraus. Der Erfinder keuchte auf. Vidocq prallte zurück und ließ Hanselmann los.

Hanselmann kippte hintenüber, vom Rand des Kraters herunter. Sie hörten ihn aufschreien. Sie hörten, wie er den steilen Abhang hinunterrollte, zuerst brüllend, dann plötzlich still. Dann erfüllte das Brausen und Toben der restlichen heranfliegenden Meteoriten die Nacht.

Vidocq und Franzi zerrten die Freunde auf die Beine. Sie schoben und zogen sie zur Zeitmaschine.

»Schnell, schnell!«, brüllte Vidocq. Mit einem Röhren und Toben, das sie beinahe taub machte, flog ein Meteorit auf der abgewandten Seite der Insel heran und schlug ein. Die Erde bebte, und der Ruck zog ihnen allen den Boden unter den Füßen weg. Selbst die Zeitmaschine wäre beinahe umgefallen. Ein monströser Pilz aus glühendem Gestein, Dreck und hochgeschleuderten Felsen stieg auf. Die ganze Insel zitterte.

»Noch schneller!«, schrie Vidocq.

Sie warfen sich unter den Ring, krabbelten auf das Sofa, über- und untereinander. Fynn streckte die Hand nach dem Steuerhebel aus. Lena streckte die Hand nach Vidocq aus. Er hielt sie fest.

Ein glühender, wirbelnder Brocken raste heran, direkt auf sie zu. Cornelius hatte das Gefühl, in eine zornige Sonne zu sehen, die sie verschlingen wollte.

Fynn riss an dem Hebel.

Der Meteorit war da, direkt vor ihnen, einen grausamen Stoß heißer Luft vor sich herschiebend.

SSSSSSSHHHH-ZAMM!

42

Da war der weiße, endlose Raum – obwohl er diesmal so wirkte, als könne man ganz weit entfernt so etwas wie eine Wand sehen. Da waren die vier Freunde, erschöpft, keuchend, schmutzig. Da war der alte Eugène Vidocq, der das Gesicht in die Hände gestützt hatte und ein ums andere Mal sagte: »Ich verstehe das nicht. Ich hätte euch doch nie dieser Gefahr ausgesetzt! Die Zeitmaschine hätte auf tausend Jahre vor dem Vulkanausbruch von Santorin programmiert sein müssen, wenn Edgar Hanselmann die Koordinaten richtig eingestellt hat. Und Pierre … Pierre war in der Zeit verschollen und hat versucht, euch die Zeitmaschine wegzunehmen?«

»Ich glaube, das ist er jetzt auch wieder – in der Zeit verschollen«, murmelte Cornelius. »Wenn er den Sturz den Abhang hinunter überlebt hat, oder die Meteoriteneinschläge.«

»Normalerweise müsste die Zeitmaschine ihn bei ihrer Abreise auch wieder mitgenommen haben«, sagte Fynn. »Sodass er jetzt wieder dort ist, wo es keine Zeit gibt. Gerettet, aber gefangen.«

»Herrje, Kinder, es tut mir so leid. Wenn ich das gewusst hätte! Niemals wollte ich, dass euch auch nur ein Härchen gekrümmt wird. Es ist mir unerträglich, dass ihr in so großer Gefahr gewesen seid. Ich glaube, wir beenden diese Missionen wieder. Lieber bleibe ich für alle Ewigkeit ein Geist und hier in dieser weißen Leere gefangen, als dass euch etwas zustößt.«

»Wohin wollten Sie uns überhaupt schicken?«

»Na, nach Kreta! Ich hatte mich der Meinung angeschlossen, dass mit Atlantis die minoische Kultur gemeint war, die durch den Vulkan von Santorin vernichtet wurde. Ich hoffte, ihr würdet dafür Beweise finden.«

»Wir waren nicht auf Kreta, Opa«, sagte Fynn. Auf einmal ging es ihm ganz leicht von den Lippen. »Wir waren auf einer riesigen Insel, die, glauben wir, tatsächlich mitten im Atlantik lag, und auf der eine Kultur herrschte, von der alle anderen antiken Kulturen ein Stück geerbt haben. Dort gab es griechisch wirkende Säulentempel, mexikanisch aussehende Pyramiden, ägyptisch gebaute Schiffe ...«

»Oh mein Gott«, flüsterte Vidocq. »Ihr wart tatsächlich auf Atlantis. Die Zeitmaschine ...«

»... hat ihren eigenen Willen, das wissen wir ja schon«, seufzte Franzi. »Vielleicht hat auch die Anwesenheit von Pierre Hanselmann sie irgendwie beeinflusst.«

»Hiram, der uns geholfen hat ...«, murmelte Lena plötzlich. »Und der Wachführer, der in Nifar verliebt war ... und sogar der doofe Azimilkos ... die sind alle in der Katastrophe umgekommen ...« Sie wischte sich eine Träne von der Wange.

»Nein«, widersprach Cornelius, der bislang noch kaum etwas gesagt hatte. »Soweit wir wissen, geht aus Platons Schriften hervor, dass Atlantis neuntausend Jahre vor seiner Zeit unterging. Aber die Zeitmaschine war auf zehntausend Jahre davor programmiert, oder, Herr Vidocq?«

Vidocq nickte. »Sie ist vielleicht am falschen Ort herausgekommen, aber sicher nicht zur falschen Zeit.«

»Nicht einmal am falschen Ort! Atlantis war einprogrammiert, und dorthin hat sie uns auch transportiert. Nur, dass Atlantis eben nicht auf Kreta lag!«

»Und was willst du damit beweisen, Cornelius?«, fragte Lena tonlos.

»Dass der Komet, den wir gesehen haben, die Erde doch nicht getroffen und Atlantis ausgelöscht hat! Er muss vorbeigeflogen sein. Atlantis geht erst tausend Jahre später unter, lange nachdem Hiram und Nifar und ihre Kinder und Kindeskinder friedlich gestorben sind! Die Meteoriteneinschläge haben sicher Schäden verursacht, aber die Zivilisation der Atlanter haben sie nicht ausgelöscht. Das ist erst später geschehen.«

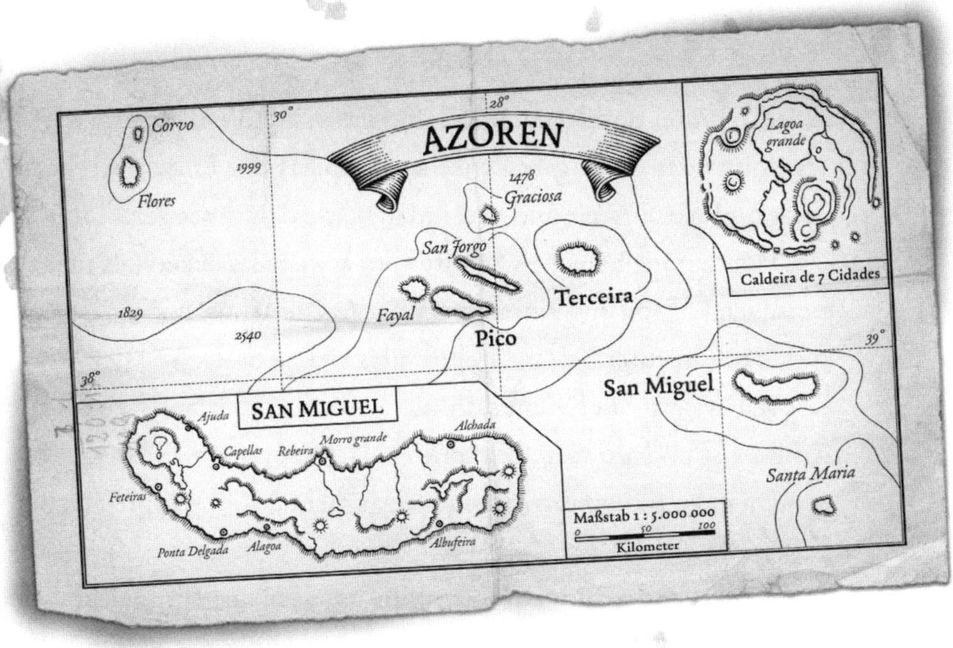

»Wie ist Atlantis dann zerstört worden?«

»Ein anderer Meteorit? Ein unterirdischer Vulkan?« Cornelius zuckte mit den Schultern. »Sicher ist nur eins – Atlantis ist nicht mehr da.«

»Vielleicht doch«, meinte Vidocq nachdenklich. »Wenn es stimmt, dass ihr auf einer riesigen Insel mitten im Atlantik wart …«

»Im Atlantik gibt es aber keine riesige Insel«, widersprach Cornelius.

»Schon richtig. Doch es gibt ein paar Inseln dort – mitten im Meer. Man nennt sie die Azoren, und seit Jahrhunderten machen Schiffe dort Halt, wenn sie von Europa aus in die Neue Welt segeln. Wenn Atlantis durch einen Meteor gesprengt wurde, dann könnten die Azoren die letzten kläglichen Überreste sein. Versteht ihr? Damals war Atlantis, das mächtige Reich, die Verbindung zwischen Alter und Neuer Welt. Und jetzt sind die Überreste dieses Reichs der wichtigste Zwischenstopp auf der Reise zwischen Alter und Neuer Welt und verbinden beide damit wieder.«

»Heutzutage brauchen Schiffe aber keinen Zwischenhalt mehr zwischen Europa und Amerika«, wandte Cornelius ein.

»Na ja, in eurer Zeit geht eben alles viel zu hastig vor sich.«

»Wir wissen aber weiterhin nicht, wodurch Atlantis zerstört worden ist und wo es genau lag.«

»Dann haben wir die Mission ja gar nicht erfüllt«, sagte Franzi enttäuscht.

»Doch«, sagte Vidocq, »denn ihr habt herausgefunden, dass es Atlantis wirklich gegeben hat und dass alles, was Platon berichtet hat – die hochstehende Gesellschaft, die Herrschaft der Atlanter über alle Länder rings um den Atlantik –, wahr gewesen ist. Ich wünschte mir nur von Herzen, es wäre nicht so schlimm für euch gewesen.«

»Opa«, sagte Fynn zögernd. »Hanselmann meinte, du hättest ihn absichtlich in der Zeit verloren gehen lassen.«

»Er ist und war immer ein Lügner.«

»Du hast uns aber auch nicht die Wahrheit erzählt.«

Vidocq seufzte. »Wollt ihr wissen, was die Wahrheit ist? Ich erzähle sie euch. Es gibt zwei Wahrheiten. Die eine ist die: Ich habe Pierre Hanselmann damals dabei ertappt, als er heimlich versuchte, eine zweite Zeitmaschine zu konstruieren. Als ich ihn zur Rede stellte, leugnete er alles. Ich wollte ihn verhaften. Es kam zu einer Rauferei zwischen uns. Er schlug mich zu Boden. Als ich wieder zu mir kam, war er weg. Er hatte alles Geld aus meinen Taschen genommen, meinen Ring, meine Taschenuhr, alles, was irgendeinen Wert hatte. Auch aus seinem Labor hatte er alles mitgehen lassen, was man irgendwie zu Geld machen konnte. Daher nahm ich an, er sei geflohen ... in die Neue Welt oder nach England oder was weiß ich wohin! Ich zerstörte den Prototypen der zweiten Zeitmaschine und dachte, ich würde ihn nie wiedersehen.«

»Er ist geflohen – aber *mit* seiner Zeitmaschine«, sagte Franzi. »Und weil du das Original zerstört hast, ging er in der Zeit verloren und blieb dort gefangen.«

»Aber ... das heißt ja, dass irgendwo anders, dort, wo Hanselmann nie angekommen ist, ein Abbild der Zeitmaschine stehen muss!«, rief Cornelius. »Du lieber Himmel. Irgendwo steht eine Zeitmaschine unbewacht herum!«

»Irgendwo und irgendwann«, bestätigte Vidocq. Er wurde ganz ernst. »Es kann sein, dass sie nicht richtig funktioniert, weil sie noch in Erprobung war ... sonst wäre Hanselmann ja bei ihr aufgetaucht, statt in Raum und Zeit verloren zu gehen – aber das macht sie nur noch gefährlicher.«

Der Geist des alten Detektivs straffte sich. »Und daher kommen wir nun zur zweiten Wahrheit. Diese Missionen werden enden. Sie sind viel zu gefährlich. Ich kann es nicht riskieren, euch noch einmal loszuschicken. Ich werde euch jetzt die Erinnerung an alles nehmen, und dann lebt wohl ...«

»Nein!«, riefen die vier Freunde einstimmig. Sogar Cornelius hatte mitgerufen.

»Bitte tu das nicht«, sagte Fynn. »Lass uns weitermachen. Wir möchten unbedingt. Oder?«

Alle nickten.

Vidocq zögerte.

»Bitte, Opa«, sagte Franzi.

»Wir wollen wirklich, Opa«, sagte Lena.

»Wir passen auch immer gut auf, Opa«, sagte Cornelius und schluckte.

»Wir sind dein Team, Opa«, sagte Fynn.

Vidocq seufzte. »Da ist unfair«, sagte er mit einem schiefen Lächeln. »Wann hat jemals ein Großvater seinen Enkeln etwas abschlagen können?«

43

»Hier!«, sagte Bernadette Jaeckel und deutete auf eine Einstellung an der Zeitmaschine. Seit fünf Minuten stritt sie mit Edgar Hanselmann. Die Kinder standen wie die begossenen Pudel etwas abseits. In Abständen unterbrach sich Bernadette, drehte sich zu ihnen um und drohte: »Mit euch befasse ich mich später!« Zuvor allerdings hatte sie jeden von ihnen umarmt und abgeküsst. »Hier! Schwarz auf weiß! Die Uhrzeit an der Zeitmaschine ist richtig eingestellt – halb fünf! Aber Sie«, ein verächtliches Schnippen mit dem Zeigefinger gegen Hanselmanns Taschenuhr, die an einer Kette von dessen Hand baumelte, »haben auf Ihrer Taschenzwiebel noch Sommerzeit eingestellt! Genau wie auf Ihren anderen Uhren! Jetzt ist aber Winterzeit! Schon seit fast zwei Monaten, Sie Genie! Als Sie dachten, es sei schon halb fünf, war es erst halb vier! Sie haben den ganzen Stress umsonst gemacht. Und dieses Wunderwerk der Technik«, Bernadette streichelte die Zeitmaschine, »völlig grundlos als Fehlkonstruktion bezeichnet! Seien Sie bloß froh, dass der Reset nichts kaputtgemacht hat!«

Hanselmann schnappte empört nach Luft. »Sie haben's doch auch nicht gemerkt!«, rief er.

»Na und? Wessen Zeitmaschine ist das denn? Und wessen Uhren? Und wessen Trödelhalle? Sie haben mich ganz wuschig im Kopf gemacht mit Ihrer Hektik.« Bernadette fuhr herum und drohte den Freunden mit dem Zeigefinger: »Und wir haben nachher noch ein Hühnchen zu rupfen, das sag ich euch!«

»Wir werden dir alles erzählen, was wir wissen, Oma«, sagte Cornelius niedergeschlagen. Nicht, dass Bernadette Jaeckel sie nicht schon ausgequetscht hätte, als sie plötzlich auf dem Sofa der Zeitmaschine aufgetaucht waren.

»Erzählen? Von wegen! Das nächste Mal möchte ich vorher informiert werden, wenn ihr auf die Reise geht, und dann halte ich mit eurem Freund hier vor der Maschine Wache, damit er nicht wieder irgendeinen Unsinn anstellt!«

»Hier?«, rief Hanselmann entsetzt. »Mit mir?«

»Ich back uns beiden auch einen Kuchen«, sagte Bernadette und grinste.

Als sie vor der Halle standen, die Freunde immer noch halb betäubt von ihrem Abenteuer, und sich verabschiedeten, um mit der U-Bahn nach Hause zu fahren, schwang Bernadette Jaeckel sich auf ihre Maschine. Hanselmann war mit herausgekommen.

»Tolle Kiste«, sagte er widerwillig.

»Zündapp K 800 mit Beiwagen«, sagte Bernadette stolz. »Über siebzig Jahre alt! Älter als ich. Und läuft wie am ersten Tag!«

»Der Tankdeckel ist aber nicht original«, sagte Hanselmann.

»Ach, als ob Sie was davon verstehen würden!«

Hanselmann hob einen Finger, sagte »Moment!« und verschwand in seiner Halle. Gespannt warteten die Freunde, was nun passieren würde. Nach einer Weile kam er wieder heraus, trat an Bernadettes Maschine heran und fragte: »Darf ich?« Er deutete auf den Tank der Maschine.

Bernadette zuckte mit den Schultern und nickte. Hanselmann schraubte den Tankdeckel ab und steckte ihn in die Tasche. Aus einer anderen Tasche holte er zwei weiße Baumwollhandschuhe heraus und zog sie an, und aus einer dritten Tasche förderte er einen chromglänzenden Tankverschluss zutage. Er schraubte ihn auf. Der Deckel passte wie angegossen. Hanselmann bückte sich, hauchte auf den Chrom und polierte ihn dann mit einem seiner Handschuhe. »Bitte sehr«, sagte er. »Das Original. Ich kenne mich zwar nicht mit Motorrädern aus, aber mit Antiquitäten.«

»Sagte ich *einen* Kuchen?«, strahlte Bernadette. »Ich meinte: zwei!«

44

Der Dezemberregen nieselte vom Pariser Himmel, es war trüb und kalt. Der junge Vidocq blickte sich verwirrt um. Ihm war schwindlig und schlecht.

»Also, Eugène, manchmal überraschst du sogar mich«, sagte Alain, den sie alle nur den »Schlitzer« nannten, weil er mit einem scharfen Messer unbemerkt die Taschen reicher Männer aufzuschlitzen pflegte und die Inhalte in seine diebischen Hände purzeln ließ. »Ich schau nur einen Moment weg, und du bist verschwunden. Und ich schau noch mal einen Moment weg, und auf einmal bist du wieder da. Na, du hast das Richtige gemacht, dich zu verstecken. Der reiche Geldsack und sein Kumpel, die den blinden Anatole gequält haben, haben plötzlich gemerkt, dass du ihm das Geld aus der Tasche geholt hast, und er hat Zeter und Mordio geschrien. Die letzten zwei Stunden hat es hier nur so gewimmelt von Polizei. Aber geschnappt haben sie niemanden. Als die Uniformen auftauchten, hat sich jeder von uns schnell verkrümelt. Du ja auch!« Alain der Schlitzer schlug Vidocq auf die Schulter. »Gnade Gott der Pariser Unterwelt, wenn die Plattfüße von der Polente mal auf die Idee kommen sollten, sich zu verkleiden. Du siehst übrigens merkwürdig aus, mein Freund. Voller Dreck. In welchem Kellerloch hast du dich denn versteckt? Und die Beule? Gegen einen Balken gelaufen oder was? Und du riechst irgendwie versengt ...«

Verwirrt, mit rumorendem Magen und sich drehendem Kopf hörte Vidocq Alains Geplapper zu. Er hatte das Gefühl, weit weg gewesen zu sein. Aber wo hätte er schon sein können?

Und hatte er irgendetwas Falsches gegessen? Ihm schien auch, als könne er sich an die letzten zwei, drei Stunden nicht so richtig erinnern. Seit Monaten schon hatte er aufgehört, viel zu trinken, daran konnte es also nicht liegen. Hm. Er fuhr mit der Hand in die Hosentasche, als er verstand, was Alain mit dem reichen Geldsack gemeint hatte. Er glaubte sich erinnern zu können, dass er dem Mann fünf Louis d'or abgeknöpft hatte. Aber die schienen irgendwie verloren gegangen zu sein. Es war nur noch einer da. Nachdenklich betrachtete er ihn. Dann stapfte er zu dem blinden Anatole hinüber, der sich in das Kirchenportal von Notre-Dame drückte und versuchte, dem Dezemberregen zu entkommen.

»Das ist ein Louis d'or, Anatole«, sagte er, als er die Münze dem Blinden in die Hand drückte. »Such dir für ein paar Wochen ein warmes Plätzchen. Aber lass dich nicht bescheißen.«

»Gott segne dich, Eugène Vidocq«, sagte der Blinde und küsste Vidocqs Hand.

Der junge Mann richtete sich auf. Alain der Schlitzer war davongeschlendert. Vidocq stand allein im Dezemberregen. Doch statt zu frieren, fühlte er in sich immer noch eine Art Wärme, als sei der Sommer gerade erst vor ein paar Minuten zu Ende gegangen.

Rätselhaft. Er musste wirklich aufpassen, was er aß. Vielleicht hatte ihm jemand ein paar Pilze untergemischt?

Langsam schlenderte er davon, ein schlanker junger Mann mit verstaubter, verdreckter Kleidung, und dachte darüber nach, was Alain über die Polizei gesagt hatte. Er nickte einem uniformierten Beamten zu, der seinen Gruß zähnefletschend zurückgab. Wenn die Polente sich jemals verkleidet unter die Menge mischte, dann würde es für die Gauner und Taschendiebe gefährlich werden.

Nur gut, dass die Schwachköpfe niemals auf eine solche Idee kommen würden!

Nachbemerkung

Die Suche nach der Antwort auf die Frage, ob es Atlantis jemals gegeben hat und wenn ja, wann und wie es untergegangen ist, ist Jahrhunderte alt. Der griechische Philosoph Platon erwähnte das mächtige Inselreich in einer Schrift im 4. Jahrhundert vor Christus.

Spätestens seitdem der römische Gelehrte Plinius der Ältere im 1. Jahrhundert nach Christus Zweifel an der Richtigkeit von Platons Anmerkung äußerte, streitet sich die Menschheit wegen dieser Frage.

Es gibt viele fantastische Theorien, was Atlantis wirklich gewesen sein und wo es gelegen haben könnte – wenn es Atlantis denn überhaupt gegeben hat!

Die von Cornelius und Vidocq in der Geschichte vertretene Meinung, es könnte die hochentwickelte minoische Kultur auf Kreta gewesen sein, die beim Vulkanausbruch von Santorin ausgelöscht wurde, ist nur eine davon. Sie war lange Zeit extrem populär, deshalb hat Cornelius wahrscheinlich auch darüber gelesen. Heute hat sie aber nur noch wenige Anhänger.

Dass ein Meteoriteneinschlag Atlantis vernichtete und es tatsächlich zuvor ein Land im Atlantischen Ozean gab, von dem nach dem Einschlag nur noch ein riesiger unterseeischer Krater übrig ist, ist eine andere Theorie.

Es gibt Gelehrte, die die Meinung vertreten, dass alle antiken Kulturen rund um den Atlantik in Wirklichkeit von Atlantern geschaffen wurden. Und es gibt sogar welche, die fest davon überzeugt sind, dass die atlantische Zivilisation noch höher entwickelt war als unsere heutige und von Außerirdischen gegründet wurde.

Wenn ihr das Geheimnis von Atlantis genauso spannend findet wie Vidocq und die vier Freunde, dann lest ein bisschen darüber nach – im Internet oder noch besser: in der Bücherei. Ich verspreche euch, dass viele fantastische Entdeckungen auf euch warten.

Eugène François Vidocq
23. Juli 1775 † 11. Mai 1857

Vidocq war ein französischer Krimineller und späterer Polizist. Sein abenteuerliches Leben inspirierte zahlreiche Schriftsteller dazu, Detektivfiguren zu erfinden und sie Vidocq ähnlich zu machen. Er war der Gründer und erste Direktor der Sûreté Nationale, der französischen Kriminalpolizei. Nach seinem Ausscheiden aus der Kriminalpolizei eröffnete er eine Privatdetektei, die wahrscheinlich die erste der Welt war. Deshalb wird er von Historikern heute als »Vater« der modernen Kriminalistik und der französischen Polizei betrachtet und gilt als erster Detektiv überhaupt.

Bevor Vidocq sich – aufgerüttelt durch die Hinrichtung eines Komplizen – der Polizeiarbeit verschrieb, führte er ein Leben als Soldat, Deserteur, Pirat, Betrüger, Fälscher und Dieb. Sooft er sich an ehrlicher Arbeit versuchte und ein Unternehmen aufzog, scheiterte er an seiner kriminellen Vergangenheit. Schließlich diente er als Polizeispitzel und Geheimagent für den Pariser Polizeichef. Dabei organisierte er eine Brigade aus zivilen Polizeiagenten, die Keimzelle der heutigen Sûreté, und entwickelte alle modernen Kriminalpolizei-Methoden: Undercover-Arbeit, zivile Dienstkleidung, Ballistik[1]-Tests, Verbrecherkarteien, Spurensicherung und erste forensische[2] Methoden wie Fingerabdruckvergleiche.

Während seiner Zeit als Verbrecher eignete er sich Kenntnisse in der Kampftechnik Savate an, eine Art Kickboxen; in seiner Jugend galt er fähiger Fechter. All diese Kenntnisse gab er bei der Ausbildung an seine Agenten weiter.

Viele zeitgenössische und spätere Schriftsteller fühlten sich von Vidocq inspiriert. So bildet er z.B. in Honoré de Balzacs Schriften das Vorbild für die Figur des Vautrin, der nach einer

Verbrecherkarriere Polizist wird. Vautrin verwendet Vidocqs Methoden und Verkleidungen und wird am Ende wie er Chef der Pariser Kriminalpolizei.

In Victor Hugos berühmtem Roman *Les Misérables* sind die Charaktere sowohl Jean Valjeans als auch Inspektor Javerts dem echten Vidocq nachempfunden; ebenso der Polizist Jackal aus *Les Mohicans de Paris* von Alexandre Dumas. Er war auch die Grundlage für Rodolphe de Gerolstein, der in den Zeitungsromanen von Eugène Sue allwöchentlich für Gerechtigkeit sorgte. Selbst in der Kurzgeschichte *Der Doppelmord in der Rue Morgue* von Edgar Allan Poe, die als das Werk angesehen wird, welches die Kriminalliteratur begründet, taucht ein Vidocq ähnlicher Detektiv auf. Und die sehr bekannten späteren literarischen Detektive wie Sherlock Holmes oder Hercule Poirot zehren von der Inspiration durch den wahren Vidocq.

Der junge Vidocq erwähnt an einer Stelle im Roman, dass Konsul Bonaparte (= der spätere französische Kaiser Napoleon Bonaparte; sprich: Bonapartt) den Franc (sprich: Froohng) im vergangenen Jahr als neue Währung eingeführt hat.

Der Franc löste die alte Goldwährung Louis d'or (= goldener Ludwig; sprich: Lui Dohr) ab. Das geschah im Jahr 1795. Somit wissen wir auch, wie alt der junge Vidocq bei diesem Abenteuer ist: 21 Jahre.

---

[1] Kriminaltechniker mit dem Schwerpunkt Ballistik berechnen mittels Computer exakt die Flugbahn einer Kugel. Die Ballistik befasst sich also mit der Aufklärung von Verbrechen, die mit Schusswaffen begangen werden.

[2] Forensik ist ein Sammelbegriff für alle Arbeitsgebiete, in denen z.B. kriminelle Handlungen untersucht werden. Die Ballistik ist ein Teilgebiet der Forensik, ebenso wie zum Beispiel der Vergleich von Fingerabdrücken oder sonstigen Spuren, die am Tatort zu finden sind.

Vidocqs Trainingscamp für Nachwuchsdetektive

Möchtet ihr auch so fit werden wie die vier Freunde Franzi, Fynn, Lena und Cornelius? Dann trainiert auf den folgenden Seiten die Kategorien Mathematik, Konzentration, logisches Denken und Kombinationsvermögen. So werdet ihr im nächsten Band garantiert als Erste das Rätsel knacken! Los geht's!

A. Ein guter Detektiv muss immer wachsam sein. Hier könnt ihr testen, ob ihr beim Lesen gut aufgepasst habt. Cornelius hat sich ein paar Fragen für euch überlegt.

1. Welchen Sport macht Bernadette im Garten der Familie Gerolstein?

a) Karate
b) Tai Chi
c) Yoga

2. Welche Farbe hat das Sofa der Zeitmaschine?

a) Rot
b) Blau
c) Grün

3. Wo lebt Eugène Vidocq?

a) London

b) Paris

c) München

4. Welche Tiere begegnen den Freunden u.a. bei ihrer Überfahrt im Ruderboot?

a) Wasserschildkröten

b) Fledermäuse

c) Blauwale

5. Wie heißt die Kleidung, die die Freunde bei ihrer Zeitreise tragen?

a) Kimono

b) Dirndl

c) Chiton

6. Wie heißen die Goldmünzen, die Vidocq in seiner Tasche hat?

a) Lion d'or

b) Louis d'or

c) Laurent d'or

7. **Welches Tier dient dem Wahrsager Despsarikos dazu, die Zukunft vorauszusagen?**
   a) Ein Fisch
   b) Ein Einsiedlerkrebs
   c) Ein Seestern

8. **Was steckt Pierre Hanselmann im Hintern, als er aus der Schlacht von Azincourt zurückkehrt?**
   a) Ein Kaktusstachel
   b) Eine Nähnadel
   c) Ein Pfeil

B. Ein beliebter Denksport unter den Stadtwachen von Atlantis sind Kreuzworträtsel. Wie schnell findet ihr das Lösungswort?

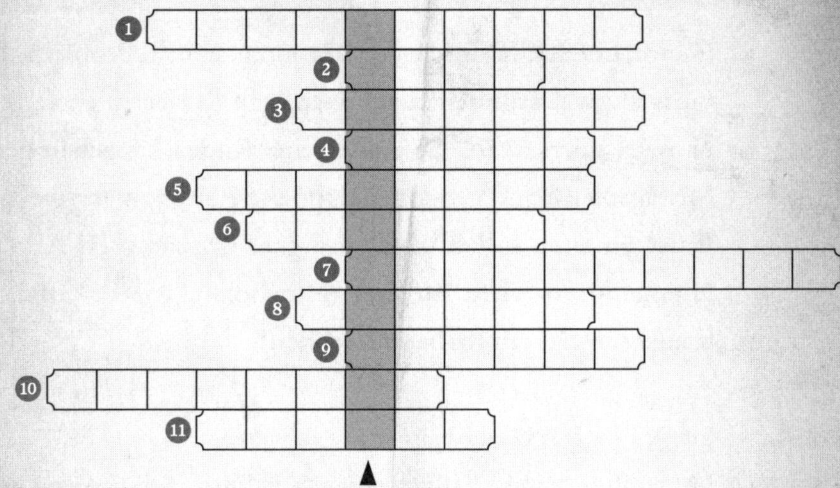

LÖSUNGSWORT

1. Wie heißen die feurigen Gesteinsbrocken, die in der Geschichte vom Himmel fallen?
2. Was sagt Lena, wenn sie etwas toll findet?
3. Aus welchem Material besteht die Salaminia hauptsächlich?
4. Wo glauben die Zeitreisenden zunächst, gelandet zu sein?
5. Wie heißt der Gott des Meeres?
6. Welches Säugetier bringt Vidocq im Ruderboot zu Fall und das Boot damit zum Kentern?
7. Aus welchem Land stammt Vidocq?
8. Manchmal muss man sich daran reißen, aber meistens treibt man damit ein Ruderboot vorwärts.
9. Welche Wurst steckt im Namen von Hirams Schiff?
10. Der Gott des Meeres hat einen, aber passt auf, dass er euch damit nicht aufspießt!
11. Was will Bernadette Edgar Hanselmann beim nächsten Mal backen?

C. Ein guter Detektiv lässt sich nicht so schnell übers Ohr hauen. Findet ihr die Lösungen für diese drei Rechenaufgaben?

1. Hiram, der Schiffsführer der Salaminia, hat ein Problem: Er muss in zwei Stunden einen wichtigen Kurier zu einer Nachbarinsel übersetzen. Aber alle seine Ruderer machen gerade Mittagspause und verlangen doppelte Ration, wenn sie in der Pause arbeiten sollen. Das wird ganz schön teuer! Also will Hiram nur so viele Ruderer mitnehmen, wie er unbedingt braucht. Helft Hiram beim Rechnen!

   Entfernung zur Nachbarinsel: 16 Kilometer
   Mit 20 Ruderern (= Vollbesetzung) schafft das Schiff 20 km pro Stunde. Mit 10 Ruderern schafft es 10 km pro Stunde.

   Wie viele Ruderer braucht Hiram mindestens, wenn er 16 km in höchstens 2 Stunden zurücklegen will?

2. Cornelius' Oma hat als Kind immer die zwei Nachbarshunde Gassi geführt, um ihr Taschengeld aufzubessern. Sie ging dazu jedes Mal eine Strecke von 5 km. Welche Strecke hätte sie gehen müssen, um vier Hunde Gassi zu führen?

3. In einem Teich mitten in der Innenstadt von Atlantis wachsen jedes Jahr wunderschöne weiße Seerosen. Da der Teich aber nur sehr klein ist, haben immer nur 512 Seerosen Platz. Das Besondere an den Wasserpflanzen ist, dass sich die Anzahl der Blumen in jeder Nacht verdoppelt. In der ersten Nacht werden aus einer Pflanze zwei Pflanzen. Nach 9 Tagen sind schon 256 Seerosen zu sehen. Wie viele Tage dauert es noch, bis der See komplett mit 512 Seerosen bedeckt ist?

D. Hier ist Kombinationsvermögen gefragt:
Welche Zahl gehört zur Raute?

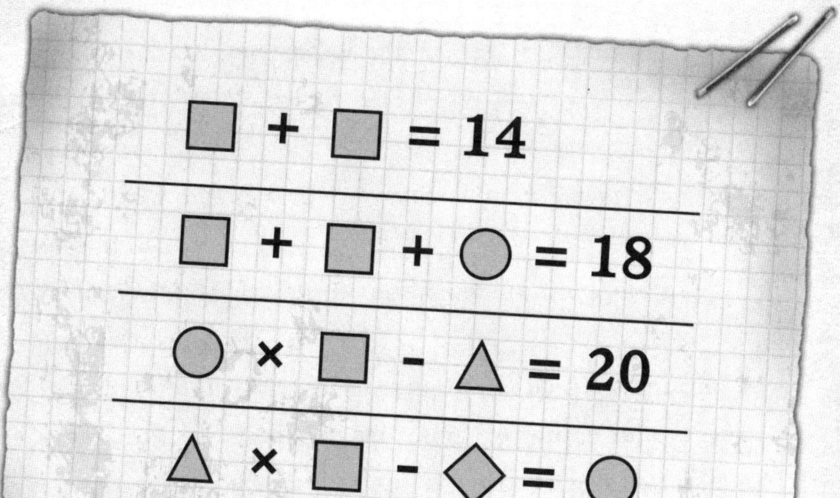

F. Lena hat sich mal wieder ein paar Scherzfragen für Vidocq überlegt, und natürlich ist er ihr prompt auf den Leim gegangen. Aber kann Lena euch auch aufs Glatteis führen?

1. Welcher Hase läuft auf zwei Beinen?
2. Welches Gewicht verliert man nicht gern?
3. Wer hört alles und sagt nichts?
4. Was geht mit baden und wird sicher nicht nass?

Die Lösungen findet ihr hier:

A. 1b, 2a, 3b, 4a, 5c, 6b, 7a, 8c

B. 1. Meteoriten, 2. Ritz, 3. Papyrus, 4. Kreta, 5. Poseidon, 6. Delfin, 7. Frankreich, 8. Riemen, 9. Salami, 10. Dreizack, 11. Kuchen, Lösungswort: Orakelfisch

C. 1. 8 Ruderer. Wenn 20 Ruderer 20 km in einer Stunde schaffen und 10 Ruderer 10 km, schaffen 16 Ruderer in einer Stunde 16 km. Da Hiram aber erst in 2 Stunden auf der Nachbarinsel sein muss, reicht die Hälfte der Ruderer für die Strecke, also 16 : 2 = 8.

2. Auch 5 km. Die Strecke bleibt gleich, nur die Hunde werden mehr.

3. Nur noch 1 Tag, da sich die Seerosen über Nacht verdoppeln: 256 x 2 = 512

D. ■ = 7, ● = 4, ▲ = 8, ◆ = 52

E. 1. Angsthase, 2. Gleichgewicht, 3. Ohr, 4. Schatten

Das große Fisch-Orakel

Wollt auch ihr euch von Despsarikos' Orakelfisch die Zukunft voraussagen lassen? Hier gibt es die altüberlieferten Deutungen des Fisches in ihrer deutschen Neuübersetzung. Das Einzige, was ihr dafür tun müsst: Legt den Fisch auf eure Handfläche und wartet ab, was passiert …

Der Fisch bewegt seinen Kopf.
Vorsicht, in deinem Umfeld gibt es jemanden, auf den du dich nicht verlassen kannst.

Der Fisch bewegt seine Schwanzflosse.
Eine große Entscheidung steht bevor. Wähle deine Schritte mit Bedacht.

Der Fisch bewegt Kopf und Schwanzflosse.
Huch, du bist verliebt!

Beide Seiten des Fisches biegen sich nach oben.
Stehe zu deiner Meinung!

Der Fisch überschlägt sich.
Obacht, wenn dir jemand in Zukunft einen Ratschlag gibt, prüfe genau, ob du ihn wirklich befolgen solltest.

Der Fisch bewegt sich gar nicht.
Ah, ein Ungläubiger! Du glaubst nicht an die Macht des Orakelfischs.

Der Fisch rollt sich komplett auf.
Du bist leidenschaftlich und abenteuerlustig.

Bildnachweise:
AKG: S. 38, 54, 66, 85, 92, 100, 108, 113, 130, 143
Hans Andersen: Vorsatz/Nachsatz
Pixelio/Rainer Sturm: S. 92
Shutterstock: S. 10, 14, 27, 32, 92, 121, 137, 148, 162, 167
Stoye Fahrzeugbau/Andreas Seipelt: S. 10
Ullstein: S. 33, 45, 193

MIX
Papier aus verantwortungsvollen Quellen
FSC
www.fsc.org
FSC® C083411

Dieser Titel ist auch als E-Book erschienen

Originalausgabe
Dieses Werk wurde vermittelt durch die Literarische Agentur Thomas Schlück GmbH, 30827 Garbsen

Umschlaggestaltung: Johannes Wiebel, punchdesign, München unter Verwendung einer Illustration von Max Meinzold
Satz und Innenillustrationen: Götz Rohloff, Die Buchmacher, Köln
Gesetzt aus der Fabiol
Druck und Einband: CPI books GmbH, Leck

Printed in Germany
ISBN 978-3-8339-0414-1

5 4 3 2 1

Sie finden uns im Internet unter www.baumhaus-verlag.de
Bitte beachten Sie auch www.luebbe.de

»Das ist eure Aufgabe: Findet heraus, ob es das Ungeheuer wirklich gibt!«

Richard Dübell
LAST SECRETS - DAS RÄTSEL VON LOCH NESS
Band 1
208 Seiten
mit zahlreichen Abbildungen
ISBN 978-3-8339-3925-9

Eigentlich sind Franziska und Fynn ganz normale 12-jährige Zwillinge. Doch sie haben ein Geheimnis, das sie nur mit ihren Freunden Lena und Cornelius teilen: Sie sind Nachfahren von Eugène Vidocq, dem ersten Detektiv der Welt! Nachts schleicht sein ruheloser Geist sich in ihre Träume und bittet sie um Hilfe: Die Kinder sollen die letzten großen Rätsel der Welt lösen! Ihre erste Aufgabe führt sie nach Schottland zum sagenumwobenen Loch Ness ...

Baumhaus

Auserwählt, um über den Dschungel zu herrschen

Robin Dix
TIGERHERZ
Der Prinz des Dschungels
Band 1
224 Seiten
mit zahlreichen
Abbildungen
ISBN 978-3-8339-0391-5

Tief verborgen im Regenwald wächst der junge Tiger Raja heran. Eines Tages soll er König werden, doch Eisenkralle, der finstere Bruder seines Vaters, will den Thron für sich selbst.
Und so beginnt eine gnadenlose Jagd auf Raja. Einzig der kluge Gecko Biru steht ihm zur Seite. Ihr Ziel ist die Insel der Schatten. Dort soll Raja seine Ausbildung zum Jäger beenden, um Eisenkralle die Stirn zu bieten. Doch der Weg dorthin ist weit und voller Gefahren ...

Der spannende Auftakt der großen Dschungel-Saga

Baumhaus

Terra Florida
Jucatana
Tenistian